Die Nächte der Kanzlerin

Thomas Knauf

# Die Nächte der Kanzlerin

Divan

*Mit Dank an A. B.*

# - 1 -

Die Russen waren schuld. Ständig schüchterten sie einen mit ihren großen vaterländischen Siegen ein, die stets mehr gekostet als eingebracht hatten. Weil sie die Idee der Freiheit für einen Hund hielten, der bellt, ohne zu beißen, ließen sie sich von jeder Herrschaft, die ihnen Brot und Wodka versprach, an die Kette legen und waren zufrieden, solange es auch ihren Nachbarn schlecht ging.

Kein westliches Staatsoberhaupt verstand sie besser als die deutsche Kanzlerin, da sie Russisch sprach und wusste, wer Wodka predigt, kocht auch nur mit Wasser. Sie wusste, die Herren im Kreml zeigten den Europäern immer zuerst die kalte Schulter, tauten aber auf, sobald man ihre Seele streichelte. Mehr als andere Völker liebten Russen Poesie, Musik und das Theater. Weshalb ihnen Staatsempfänge ohne Kaviar und Kulturprogramm so unmöglich erschienen wie Schlittenfahren ohne Schnee.

Obwohl Wladimir Iljitsch Lenin so viel Mitleid mit seinem Volk hatte wie ein Wissenschaftler mit Laborratten und bourgeoise Belustigungen verabscheute, glaubte das Proletariat seinen Worten, der Film sei die wichtigste aller Künste. Stalin hatte ein mörderisches Verhältnis zu seinen Landsleuten und liebte amerikanische Slapstick-Komödien. Die revolutionären Filme von Sergej Eisenstein bereiteten ihm Kopfschmerzen. Er verstand sie nicht oder zu gut, darum ließ er *Die Beschin-Wiese* noch vor seiner Fertigstellung vernichten und verfügte, dass *Iwan der Schreckliche* erst nach seinem Tod das Licht der Leinwand erblicken sollte.

Seit auch die Sowjetmenschen das Fernsehen als Ratgeber in allen Dingen entdeckten, hatte der Film als wichtigste aller Künste ausgedient. Im demokratischen Russland wurden sie ganz wirr im Kopf von mehr schlechten als guten Nachrichten und so apathisch vom Geflimmer bunter Verlockungen, dass sie kaum mehr ins *Dom Kino* gingen. Die besten Regisseure waren in Hollywood, andere drehten Filme, die sie immer schon machen wollten, die aber keinen interessierten. Am Ende des 20. Jahrhunderts war der Russenfilm die unwichtigste aller Künste. Das beleidigte den Nationalstolz des neuen Präsidenten, der auf die alten Tugenden schwor und nie vergaß, dass man ihn als KGB-Mitarbeiter in Deutschland zu jeder Dresdner Filmpremiere eingeladen hatte.

Deshalb wunderte sich die Kanzlerin auch nicht, dass Wladimir I. bei seinem Besuch auf Schloss Meseberg ein Dreieinhalbstunden-Epos über den Großen Vaterländischen Krieg von Nikita Michalkow mitbrachte, das bei den Filmfestspielen in Cannes nur Kopfschütteln hervorgerufen hatte. Mit dem Familiendrama *Die Sonne, die uns täuscht* errang der Sohn des Textschöpfers der sowjetischen Nationalhymne den Oscar, mit *Die Zitadelle* offenbarte er sich als Pyromane der Leinwand. So jedenfalls stand es in *Variety*, dem Fachblatt Hollywoods, das die Kanzlerin beim Friseur las, um ihr Englisch zu trainieren.

Nach dem Dinner, bei dem sie mit prononciertem, wenngleich lückenhaftem Schulrussisch für Heiterkeit bei den Gästen sorgte, ging es in den Kinosaal, um das Epos über den Großen Vaterländischen Krieg anzuschauen.

Das Thema sei seit dem Ende des Kommunismus schändlich vernachlässigt worden, weil die kriegsentwöhnten jungen Filmkünstler sich mit Vorliebe in alltäglichen, destruktiven Sujets badeten, bedauerte der Kreml-Chef. Umso nötiger sei es, der heutigen Generation das Positive der russischen Geschichte zu vermitteln, damit sie den friedlichen Abzug der Roten Armee aus Osteuropa nicht als Schwäche verstünden.

Die Kanzlerin nickte freundlich und ließ sich in den Sessel fallen, um die dreieinhalbstündige Geschichtslektion rasch hinter sich zu bringen. Sie mochte Kriegsfilme nicht, eigentlich überhaupt keine Filme. Sie liebte Opern, vor allem Wagner, Ballett in Maßen und Musicals nur zu Hause beim Kochen. Eine Kulturkanzlerin wollte sie schon deshalb nicht sein, weil ihr Vorgänger aus Hannover sich gern mit namhaften Künstlern in den Medien zeigte. Darum gab es, solange sie Hausherrin war, von ihr kein Porträt eines Malerfürsten in der Galerie des Kanzleramtes. Jeder wusste schließlich, wie sie aussah, so er fernsah oder Zeitung las, und konnte sich selbst ein Bild machen von der Frau, der niemand zugetraut hatte, die erste deutsche Bundeskanzlerin zu werden. Als sie 1989 von der Wissenschaft in die Politik wechselte, hielt man die Pfarrerstochter aus Templin für eine Kleindarstellerin in dem Film *Die Marx-Brothers in der DDR-Volkskammer.* Als „mein Mädchen“ von Kanzler Kohl erwuchsen ihr mehr Prügel als Flügel, doch sie hielt durch und lernte von ihrem Ziehvater, dass Politik zuvorderst gnadenloser Machtkampf innerhalb der eigenen Partei ist.

Inzwischen schäumte man oder zog über sie her, um das Unbegreifliche ihres Stehvermögens zu kommentieren. Sie zu bewundern oder gar zu mögen wagte niemand öffentlich, der etwas auf sich hielt. Das höchste der Gefühle: Man zollte ihr Respekt, weil sie mit mehr oder weniger Erfolg die mächtigsten Männer der Welt davon abhielt, diese vollends zu zerstören. Vielleicht kam sie mit dem starken Geschlecht so gut aus, weil sie in einem Land aufgewachsen war, in dem Frauen nicht nur auf dem Papier gleichberechtigt waren und Männer *a priori* als Menschen und *a posteriori* als miese oder nette Kerle betrachteten.

Zwanzig Minuten warteten sie nun schon, dass der Film losging. Der Kreml-Chef, momentan in der Nebenrolle des Ministerpräsidenten agierend, nutzte die Zeit, um von den Sowjetfilmen seiner Kindheit zu schwärmen. Die Kanzlerin nickte interessiert, erwähnte *Der letzte Schuss*, den einzigen Film der „Freunde“, an den sie sich erinnerte. Da war sie vierzehn und vergoss heiße Tränen um den blendend aussehenden weißen Offizier, der von der roten Kommissarin erschossen wird, obwohl sie ihn liebt. Doch das erzählte sie dem Gast aus Moskau nicht.

„Die Vorführung muss leider verschoben werden, der Vorführer hat einen Herzinfarkt erlitten und ist auf dem Weg ins Krankenhaus“, flüsterte die Protokollchefin sichtlich zerknirscht der Kanzlerin ins Ohr.

„Wie furchtbar! Hoffentlich überlebt der Mann.“

Insgeheim war sie froh, um das Heldenepos herumzukommen, doch hatte sie sich zu früh gefreut. Ein Filmvorführer aus Gransee sei bereits auf dem Weg ins Schloss, sagte man ihr.

„Er sieht zwar nicht vertrauenswürdig aus und riecht nach Alkohol, besitzt aber einen noch gültigen Berufsausweis“, versicherte die Protokollchefin.

Mit zweistündiger Verspätung, währenddessen die Delegationen vorab den zur Verdauung des Kriegsschinkens reservierten Beluga-Kaviar im Jagdzimmer löffelten, ging im Saal das Licht aus und das Logo von Mosfilm erschien auf der Leinwand: das sich um sich selbst drehende Standbild eines Arbeiters und einer Bäuerin, die mit ausgestrecktem Arm Hammer und Sichel kreuzen. Die elf Rollen des Films liefen durch den Projektor, aber die Kanzlerin bekam wenig mehr als die Hälfte mit, da sie bei den Kriegsszenen die Augen schloss. Als das Licht im Saal anging, applaudierte sie artig. Der Ministerpräsident ließ den Filmvorführer kommen, reichte ihm ein Glas Krimsekt und fragte nach seinem Namen.

„Menja sawut Jens-Peter Bock“, antwortete der unrasierte, schäbig gekleidete Mann.

Die gesamte Kreml-Delegation strahlte wie der rote Stern auf dem Spasskiturm und drückte dem Vorführer die Hand. Auch die Kanzlerin stieß ihr Sektglas gegen das seine und fragte, woher er stamme.

„Aus Templin. Ich denke, Sie wissen noch, wo das liegt.“

Bevor die Kanzlerin antworten konnte, drängte sich ihre Protokollchefin dazwischen und bat sie nach nebenan ins Jagdzimmer, um den Sieg der ruhmreichen Roten Armee mit dem restlichen Beluga-Kaviar zu feiern.

Der Vorführer durfte sich in der Schlossküche ein Essen auf Staatskosten abholen und über zweihundert Euro zuzüglich sieben Prozent Mehrwertsteuer aus der Staatskasse für seine tadellose Vorführtätigkeit freuen.

Während die Teilnehmer der deutsch-russischen Konsultation noch heftig über *Die Zitadelle* diskutierten, als ginge es um Krieg und Frieden und nicht um Handel und Wandel, empfahl sich die Kanzlerin: „Sa djewotschki." Auf dem Gang verwechselte sie nicht ganz unabsichtlich die Toilettentür mit der zum Vorführraum, wo Jens-Peter Bock gerade die Filmrollen zurückspulte.

„Haben wir nicht zusammen die Schulbank gedrückt auf der EOS in Templin, '69 bis '73?"

Der Vorführer nickte, wollte aber nur ungern an seine Schulzeit erinnert werden.

„Fast hätten sie dich mitten im Abitur rausgeworfen wegen Jeans und langer Haare", bohrte die Kanzlerin nach. Der Vorführer nickte wieder. „Ich habe in der FDJ-Leitung für dich gesprochen, weil du in Russisch der Klassenbeste warst."

„Nach dir ... Ihnen. Ich habe immer nur abgeschrieben."

„Von mir hast du abgeschrieben … ohne mich auch nur einmal anzusehen", erinnerte sich die Kanzlerin. „Ich war eben nicht so hübsch wie Moni, Tina und Gerti ... außerdem schrecklich schüchtern."

„Wer konnte damals ahnen, dass aus Ihnen mal Miss Germany wird ..."

„Wenn schon, dann Misses Germany", verbesserte die Kanzlerin.

„... nicht mal Genosse Kallweit, unser Staatsbürgerkundelehrer, der die strahlende Zukunft aus der Kaffeetasse lesen konnte, hat vorhergesehen, was aus seiner Musterschülerin wird."

Die Kanzlerin, an boshafte Kommentare über ihre DDR-Schulzeit gewohnt, konnte der Ironie ihres Mitschülers einiges abgewinnen, war aber nicht gekommen, um über sich zu reden. „Du wolltest zum Film und Regie studieren, oder irre ich mich?"

„Haben mich nicht gelassen, nachdem ich achtzehn Monate in Bautzen einsaß wegen versuchter Republikflucht. Bin ich eben Filmvorführer geworden, aber derzeit arbeitslos, seit Gransee kein Kino mehr hat. Ich kam gerade von einem Filmabend im Kinderheim, als die mich ins Auto zerrten und hierher brachten ... Wie und wo und was es sei, hinten, vorne, einerlei. Alles macht der Meister Böck, denn das ist sein Lebenszweck", zitierte er Wilhelm Busch.

Die Kanzlerin schaute sich die DVDs an, die der Vorführer im Koffer bei sich trug. „*Das kalte Herz*. Den habe ich gesehen, weil der Sohn unseres Nachbarn mich heimlich mit ins Kino genommen hat", erinnerte sich die Kanzlerin mit warmem Gefühl und fragte, wo man den DEFA-Märchenfilm kaufen könne.

„Schenk ich Ihnen. Hab noch eine Kopie zu Hause." Jens-Peter nahm eine zweite DVD aus dem Koffer und reichte sie seiner ehemaligen Mitschülerin. Sie betrachtete das Cover mit dem Titel *Die Geschichte vom kleinen Muck* und strahlte, als hätte sie Geburtstag. „Den habe ich nie gesehen."

Bock ahnte, warum. Damals hatte sie ihm erzählt, dass ihr strenger Vater, Pfarrer in Templin, Filme als pädagogisch zweifelhaft ansah und der Tochter Kinobesuche verboten hatte.

„Fernsehen auch“, fügte die Kanzlerin hinzu. „Bis auf die Sendung *Freunde der russischen Sprache*. Die lief jeden Mittwoch im zweiten Adlershofer Programm und sollte mich dazu ermutigen, Tolstois *Krieg und Frieden* im Original zu lesen.“

„Kann ich Ihnen als Film geben. Mächtig viel Krieg und ein bisschen Frieden. *Ein Menschenschicksal* von Sergej Bondartschuk fand ich besser.“

Gewohnt, Begegnungen mit Menschen ihres Landes kurz und unpersönlich zu halten, hätte die Kanzlerin diesmal gern etwas länger mit dem Schulfreund geplaudert. Doch man suchte im Schloss schon nach ihr, weil der Kreml-Chef ihre Abwesenheit beim Kaviar als Affront missverstehen könnte. Obwohl sie alles Rohe vom Fisch verabscheute, ließ sie sich kurz im Jagdzimmer sehen, klagte aber sogleich über Kopfschmerzen, nicht wegen des russischen Films, sondern wegen des preußischen Wetters, wie sie betonte, und zog sich zurück.

In ihrem Zimmer öffnete sie die Handtasche und las die Klappentexte der DEFA-Märchenfilme mit dem Vertriebslogo, das einen kleinen Eisbären zeigte und nicht sehr originell war – eher lieblos, wie von Leuten, die ein Produkt vertreiben, das sie für minderwertig halten. Um die Filme gleich anzuschauen, war die Kanzlerin zu müde und zu ungeübt im Umgang mit dem DVD-Player.

Höchstens ein Filmereignis pro Jahr war in ihrem randvollen, mit nur wenigen Kulturereignissen geschmückten Terminkalender vorgesehen, und nach dem obligatorischen Russenfilm des Kreml-Chefs heute benötigte sie mindestens ein Jahr Abstinenz. Das dachte sie jedenfalls an diesem Sommerabend im Jahr des Drachen.

# - 2 -

Wochen später erinnerte sich die Kanzlerin nach einem anstrengenden Tag an die DVDs ihres Schulfreundes. Da sie vor lauter unerledigten Problemen zu Hause nicht auf Knopfdruck abschalten konnte, schaute sie sich *Der kleine Muck* an und hoffte, dabei einzuschlafen. Als das Wort ENDE auf dem Bildschirm erschien, fielen ihr die Augen fast zu, doch ans Zubettgehen dachte sie nicht.

Ein seltsames Glücksgefühl, das sie nicht wie gewohnt sofort erklären und unterdrücken konnte, durchströmte ihren Körper und verursachte ein angenehmes Kribbeln im Kopf. Als Physikerin hatte sie bei Experimenten (die nie ihre Sache waren, auch wenn sie gelangen), dieses Kribbeln gekannt. Als Politikerin war ihr durch die ständig lauernde Angst, falsche Entscheidungen zu treffen, das Gefühl verloren gegangen, und sie erinnerte sich nicht einmal mehr, dass sie Momente unteilbaren Glücks kannte. Ihr stets wacher Verstand ließ es nicht zu, Entscheidungen rein gefühlsmäßig zu treffen. Deshalb musste sie *Die Geschichte vom kleinen Muck* analysieren, um der kindlichen Freude am Gesehenen ein rasches Ende zu machen. Sie war verblüfft über die unverhohlene Polemik des DEFA-Kinderfilms von 1953 am Personenkult, die von der Zensur scheinbar übersehen worden war. Kaum ein halbes Jahr nach Stalins Tod erzählten die Filmschöpfer das Märchen von Wilhelm Hauff als Parabel auf die fragwürdige Ehre, von einem gefürchteten Alleinherrscher zum schnellsten Läufer seines Reiches gekrönt zu werden.

In ihr Tagebuch notierte die Kanzlerin: „Will mehr über den Regisseur Staudte erfahren, welche Filme er noch drehte, warum er die DDR verließ, in der BRD aber keine große Karriere machte, wie im Begleittext der DVD behauptet."

Am nächsten Tag trug sie ihrer Büroleiterin auf, in der Videothek des Kanzleramts nach Filmen von Wolfgang Staudte zu suchen. Erstaunt fragte Ellen Buhmann nach dem Grund für das Interesse und bekam zur Antwort: „Ich möchte wissen, wer dieser Mann war." Die Büroleiterin druckte die Wikipedia-Seite des Regisseurs aus und glaubte, damit die Neugier der Kanzlerin zu befriedigen. Doch die bestand darauf, so bald wie möglich alle auf DVD verfügbaren Staudte-Filme in ihrer Dienstwohnung im Kanzleramt vorzufinden.

Eigentlich übernachtete sie ungern dort, um nicht den Eindruck zu erwecken, sie sei zuerst mit ihrem Amt und zuletzt mit ihrem Mann verheiratet. Ohne triftigen Grund das Ehebett zu meiden, wäre ihr als Verrat an den christlichen Prinzipien ihrer Partei erschienen. Nur wenn ihr Arbeitstag erst nach Mitternacht endete, ließ sie ihren Gatten allein. Auch er hatte einen anstrengenden Beruf und sich damit abgefunden, ein Eheleben auf Raten zu führen, die vom deutschen Volk bezahlt wurden. Doch seit Beginn der Bankenkrise schlief die Kanzlerin auch an seiner Seite unruhig, fand höchstens drei Stunden Bettruhe und stahl ihrem Mann die seine. Weil sie Schlaftabletten schlecht vertrug, hatte ihr Arzt zu nächtlichem Fernsehen geraten – ein Schlafmittel ohne Nebenwirkungen. Von wegen. Bevor sie einnickte, vergaß sie jedes Mal, die Standby-Taste zu drücken, und wurde in ihren Träumen vom laufenden Programm verfolgt. Als sie nur Parteivorsitzende gewesen war und einige Herren versucht hatten, ihr den Posten so ungemütlich wie möglich zu machen, hatte sie nicht so schlimme Albträume gehabt wie jetzt vom Fernsehton. Ihn auszuschalten und sich von den stummen Bildern einlullen zu lassen, war auch keine Lösung. Bilder forderten ihre Aufmerksamkeit noch stärker heraus als das ständige Geplapper, bekamen einen höheren, unbestimmten Sinn jenseits erklärender Kommentare. Die Erkenntnis, dass die Macht der Bilder durch die Banalität der Töne wenn nicht besiegt, so doch geschwächt wird, fand sie interessant und beunruhigend. Und sie begriff, dass sie als Kind des Medienzeitalters so gut wie nichts wusste über das Geheimnis von Abbildung und Wahrnehmung, den Wirkungsmechanismen des Kinos und des Fernsehens.

Sie erinnerte den Satz des Philosophen Berkeley „Sein ist Abgebildetsein“ und dessen Frage, ob wir sicher sein können, dass die Dinge, die wir betrachten, noch da sind, wenn wir wegschauen. Als promovierte Naturwissenschaftlerin interessierten sie Paradoxien wie Heisenbergs Unschärferelation, wonach eine Sache immer unbestimmter wird, je länger man auf sie schaut. Seit sie die meistgeschaute Politikerin der Welt war, hatte sie keine Zeit mehr, über solche grundsätzlichen Fragen nachzudenken. Ihr Dasein wurde durch Abgebildetsein und Analysiertwerden bestimmt, doch einige Stunden am Tag war sie unsichtbar für die Öffentlichkeit, also nicht existent, nachts so grau wie die Katze aus *Alice im Wunderland* und genauso putzmunter. Als fleißige DDR-Schülerin hatte sie Schlaf immer für Zeitverschwendung gehalten. Als Kanzlerin aller

Deutschen fürchtete sie den Schlaf der Vernunft und blieb unvernünftig lange wach. Sie hätte die Nachtstunden nutzen und all die Bücher lesen können, die man ihr mit persönlicher Widmung schickte. Meist waren es Werke von Autoren, die nichts Besseres zu tun hatten, als über Politik und Politiker zu schreiben – wie langweilig. Sie las nicht mal die Biografien über sich, mittlerweile fünf an der Zahl. Im letzten Urlaub hatte sie sich den neuen Roman von Walser vorgenommen, kam aber über die ersten zehn Seiten nicht hinaus.

„Die Bergluft von Südtirol ist der Feind der hohen wie der flachen Literatur", sagte sie scherzhaft zu ihrem Mann, bevor ihr die Augen zufielen. Dass der Schlaf nur zu den Gerechten kommt, hielt sie für eine Weisheit selbstgerechter Moralprediger. Sie tröstete sich mit den Worten Rainer Werner Fassbinders, von dem sie nie einen Film gesehen, über den sie aber manches gelesen hatte: „Schlafen kann ich, wenn ich tot bin."

# - 3 -

An den kommenden Abenden sah die Kanzlerin *Die Mörder sind unter uns*, den ersten DEFA-Film überhaupt, *Der Untertan* nach Heinrich Mann, den letzte DEFA-Film Staudtes, die in der BRD gedrehten Streifen *Rosen für den Staatsanwalt*, *Herrenpartie*, *Kirmes*. Danach glaubte sie zu verstehen, weshalb der begabte Regisseur erst im Osten, dann im Westen scheiterte – wegen seiner politisch anrüchigen und unbequemen Filme über das Wesen der Deutschen.

Noch wichtiger aber schien ihr, dass sie etwas tat, was ihr nie Freude bereitet hatte, und das, ohne dass die Pflicht ihres Amtes es verlangte. Wann war sie eigentlich das letzte Mal mit ihrem Mann aus spontaner Eingebung oder Interesse im Kino gewesen? Sie konnte sich nicht erinnern. Wenn sie, was selten genug vorkam, einen gemeinsamen Abend daheim verbrachten, sahen sie fern. Keine Filme, irgendeine Talkshow. Wenn ein CSU-Politiker darin auftrat, spielten sie lieber eine Partie Ochsenkopf.

Sie kannte so gut wie keine Spielfilme, weder alte noch neue. Jedes Kind sieht heute bis zu seinem viertzehnten Lebensjahr an die tausend Filme, hatte sie neulich gelesen, und war somit gebildeter, zumindest in dieser Hinsicht besser informiert als die erste Frau im Staat. Die Filme von Wolfgang Staudte erschienen der Kanzlerin wie anschaulicher Geschichtsunterricht. Etwas, das sie mit ihren Reden gern vermittelt hätte. Bisher hatte sie geglaubt, was ihr Vater einst von der Kanzel gepredigt hatte: Film und Fernsehen sind Opium fürs Volk. Doch dieser

Staudte verstand es, die Deutschen mit wenigen Pinselstrichen ähnlicher zu zeichnen, als ihnen lieb war.

Das imponierte der Kanzlerin, der ihre Landsleute hüben wie drüben ein ewiges Rätsel blieben, weshalb sie den größeren Teil ihrer Energie lieber der Außenpolitik widmete. Allerdings wusste sie von gewöhnlichen Amerikanern, Briten, Franzosen, Italienern, Russen, Chinesen im Grunde auch nur, was man ihr als *background information* auf den Schreibtisch legte oder in ihre Reden schrieb. Popularisiertes Wissen im Quadrat, Statistik und Folklore. Von der Verschiedenheit der Völker und Nationen, ihren kulturellen und existenziellen Gemeinsamkeiten verstand sie, wenn sie ehrlich war, auch heute nicht viel mehr, als was man ihr als Kind in der DDR-Grundschule eingebleut hatte: Alle Menschen werden Brüder, wenn die Ausbeutung des Menschen durch den Menschen abgeschafft ist.

Ab jetzt wollte sie öfter und bewusster Filme anschauen, Spielfilme, denn an Dokumentarfilmen störte sie die Ästhetik des Faktischen. Das Fiktionale, spielerisch Erzählte, so viel hatte sie in ihrer spärlichen Kenntnis des Mediums begriffen, war oft näher an der Wahrheit der Menschen als die Betrachtung ihres wirklichen Tuns. Als Wissenschaftlerin hatte sie erforschen wollen, wie die Uhr tickt, nicht warum und wie oft. Als Politikerin interessierte sie vor allem, wie man die Uhrenproduktion steigert, um Arbeitsplätze zu schaffen, wie man die deutsche Uhrenindustrie vor asiatischen Billigimporten schützt und den heimischen Technologievorsprung sichert. Für ewig quälende Fragen wie das Verhältnis der Menschen zur unbarmherzig tickenden Zeit, warum dem Glücklichen keine Stunde schlägt, warum wir den Menschen unserer Zeit ähnlicher sind als unseren Eltern und ob es stimmt, wie Seneca behauptet, dass uns außer der Zeit nichts gehört, hatte sie als Kanzlerin keine Zeit. Und eben deshalb verstand sie den Satz von Vinet nicht: „Der am meisten beschäftigte Mensch hat die meiste Zeit."

Sie war die meistbeschäftigte Frau des Landes und hatte die wenigste Zeit, nicht nur für Privates, auch für ihrem Amt gut zu Gesicht stehende Dinge wie Kunst und Literatur. Der Politik opferte sie alles frei nach der Devise „Wenn man viel hineinzustecken hat, so hat ein Tag hundert Taschen". Eine Tasche wollte sie ab jetzt dafür reservieren, sich filmisch fortzubilden. Eine neben dem Lesen eines Buches herrliche Möglichkeit, mit sich allein zu sein.

Wenn sie zu Hause mit ihrem Mann vorm Fernseher saß, war sie im Grunde auch allein, weil er regelmäßig und unabhängig von der Sendung einschlief. Sie sagte dann: „Geh doch zu Bett, wenn du müde bist." Und er antwortete: „Ich schlafe nicht, ich denke nach." Worüber, wollte sie keinesfalls wissen; schlafende Tiger soll man nicht wecken. Außerdem hatten sie geschworen, sich gegenseitig mit den täglichen Berufsproblemen nicht zu belasten, ihre Ehe frei von Politik und Wissenschaft zu leben. Doch das erwies sich als zweifelhaftes Sprechverbot, etwa so wie das Schweigen der Kirche über Sex am Arbeitsplatz oder die vom Papst verkündete Abschaffung der Vorhölle für ungetaufte Kinder. Die wohlmeinende Absicht, alles Unangenehme voneinander fernzuhalten, war zur schlechten Gewohnheit geworden, auch das Angenehme nicht zu teilen und die Neugier erkalten zu lassen. Worüber soll ein Paar nach Feierabend reden wenn nicht über die kleinen Katastrophen, die sie und andere täglich ereilen, oder die erlittenen und zu erwartenden großen Katastrophen der Menschheit?

Jemand schrieb, dass eine Ehe erst vollkommen ist, wenn man miteinander schweigen kann. Dieser Jemand war gewiss nie verheiratet, zumindest nicht mit einer Frau. Auch eine Kanzlerin, die von Amts wegen genug Gelegenheit zum Reden hat, will daheim kein stummes Lieschen sein und an den Lippen ihres Mannes kleben, der über die Wichtigkeit seines wissenschaftlichen Tuns referiert. Da er das nicht tat, drehten die wenigen gemeinsamen Abende, an denen nicht ferngesehen wurde, sich um Fragen wie: Was schenkt man den Eltern zum Geburtstag, wohin fahren wir in den Urlaub und wo feiern wir Weihnachten, wenn die Welt am 21. Dezember 2012 untergeht? In die Kirche gingen sie nur selten, in die Oper einmal im Jahr, ins Kino einmal in zehn Jahren, zum Presseball und anderen gesellschaftlichen Ereignissen nie. Zu Staatsempfängen musste die Kanzlerin ihren Mann stets überreden, bei Auslandsreisen wollte sie ihn nicht dabeihaben. Nur nach Paris hatte er sie einmal begleitet, um dem französischen Präsidenten zu zeigen, dass hinter der mächtigsten Frau der Welt ein richtiger Mann steht, keine Witzfigur wie Dennis Thatcher.

Von nun an würde sie Filme sehen, wann und wo immer sie allein sein konnte. Nachts, wenn ihr Mann schlief. Zwischen den Sitzungen im Bundestag oder der Fraktion, wenn sie sich zur Erholung in ihren persönlichen Ruheraum im Kanzleramt zurückzog.

Doch in den nächsten Wochen kam die Kanzlerin nicht dazu, sich filmisch weiterzubilden. Die Welt stand kopf seit dem Bankenkollaps, der Euro drohte zum Spielgeld der Chinesen zu werden, der Koalitionspartner zum Sturzflieger des Politbarometers und sie zur Mutter Courage des verlorenen Afghanistankrieges. Immerhin schaffte sie es, in ihrer Dienstwohnung einen größeren Fernseher aufstellen zu lassen. Um ihre Augen nicht noch mehr zu ruinieren, die beim Ablesen ihrer Reden schon genug strapaziert würden, gab sie als Begründung an.

„Ich mache gleich einen Termin beim Augenarzt. Sie brauchen eine Brille“, meinte die Büroleiterin.

„Vergiss es auf der Stelle, Hörnchen!“, wiegelte sie energisch ab. „Ich werde keine Brille tragen, solange ich Bundeskanzlerin bin. Sollen sie mich ruhig Mutti nennen, aber Großmutti niemals.“

Die Filme, die sie als nächste anschauen wollte, musste sie in ihrer Handtasche verstecken, um keinen Verdacht zu wecken. Wie zwei Harpyien wachten ihre Büroleiterinnen im Kanzleramt und in der CDU-Zentrale über jede ihrer Aktivitäten, als wäre sie ein behindertes Kind, das man keine Minute aus den Augen lassen darf. Dachten sie erst über ihre neue Freizeitbeschäftigung nach, würden sie einen opportunen Grund suchen, um der Öffentlichkeit zu erklären, weshalb sie sich plötzlich fürs Kino interessierte, und wenn sie ihn gefunden hatten, damit Sympathiepunkte bei den Wählern zu sammeln hoffen. „Seht, die Kanzlerin tut noch etwas anderes als regieren. Sie sieht sich die neuesten deutschen Filme an, nicht nur Spiele der Fußballnationalmannschaft. Sie will auch kulturell auf dem Laufenden sein." Und so weiter. Aber dieses eine Mal wollte sie etwas für sich tun, ohne Rechenschaft ablegen zu müssen. Würde ihre cineastische Neugier publik, könnte sich das Feuilleton von Hamburg bis München darauf stürzen und wissen wollen, was sie gesehen hatte und wie sie es fand. Gäbe sie offen Auskunft, fielen dieselben Redakteure über sie her, wie anmaßend es von ihr sei, Filme zu beurteilen. Darum musste die Sache geheim bleiben. Ein frommer Wunsch in einer Abhörgesellschaft, die Geheimnisse hasst und keine Privatsphäre kennt. Aber es war den Versuch wert.

## - 4 -

Beim nächsten Besuch auf Schloss Meseberg saß die Kanzlerin in Klausur mit dem griechischen Staatschef. Nach einem endlosen Gespräch über Athens Staatschulden zog sich der platonische Staatsbankrotteur zur Beratung mit seinen Finanzexperten zurück. Aus Angst, abgehört zu werden, oder um Dampf abzulassen, weil eine Frau ihm gehörig die Meinung gesagt hatte, ertönte während der Beratung laute Musik durch die Türritzen bis in die oberen Etagen des Schlosses. Die griechischen Personenschützer tanzten auf dem Flur Sirtaki wie im Film *Alexis Sorbas*, die Kanzlerin wiegte die Hüften, während sie sich umkleidete. In ihrer Jugend war sie ein Fan von Mikis Theodorakis gewesen, der in der DDR als fortschrittlicher Künstler gefeiert wurde. Der Film *Alexis Sorbas* lief nicht in den staatlichen Kinos, weil die FDJ ihn als jugendgefährdend wertete. „Unbedingt ansehen", notierte die Kanzlerin in ihr Notizbuch und ließ ihrem Chauffeur ausrichten, er solle sie auf der Stelle nach Gransee fahren. Die besorgte Frage der Protokollchefin, ob sie zum Arzt müsse, weil sie eine weibliche Unpässlichkeit vermutete, beantwortete die Kanzlerin mit: „Halb so schlimm. Ich möchte nur einen alten Freund besuchen."

Trotzdem rückte das gesamte Aufgebot aus: zwei Personenschützer in der gepanzerten Limousine, ein Pkw mit drei Zivilbeamten vom Staatsschutz. Noch bevor sie vom Hof rollten, war die eigens für die Kanzlerin und ihre Gäste erbaute Straße von Meseberg zum Krankenhaus in Gransee von der Polizei gesperrt, alle Ampeln im Ort auf Gelb geschaltet. Die Fahrt verlief ohne Zwischenfälle, denn nicht einmal das Rot- und Schwarzwild wagte sich aus dem Wald, wenn die Limousine der Kanzlerin mit Blaulicht vorbeifuhr. Die Bürger von Gransee nahmen die Ankunft der Regierungschefin nicht zur Kenntnis, und wenn, dann so, wie sie es früher taten, sobald ein Bonze durch den Ort fuhr: mit schweigender Verachtung. Nur *Herr Wichmann von der CDU* winkte aus seinem Büro und erntete ein aufmunterndes Lächeln. Seit der Wende kämpfte er in Gransee auf verlorenem Posten. Im Stadtrat saßen nur Linke, die lieber in Kindergärten und Schulen investierten als in Wirtschaft und Infrastruktur.

Jens-Peter Bock wohnte in einem halb verfallenen Haus am Ortsrand, das von zwei Pitbulls bewacht wurde. Die Personenschützer drohten, die Kampfhunde zu erschießen, doch ihr Besitzer schwor, sie seien harmlos wie Meerschweinchen, legte sie an die Leine und schlurfte zurück in seine Wohnung. Die Kanzlerin bat ihre Bodyguards, im Wagen zu warten, und betrat das Haus.

Drinnen sah es aus wie bei den Gebrüdern Ludolf im Westerwald. Jens-Peter, der Ossi, war ein Messi reinsten Wassers, der alles sammelte, was andere wegwarfen, vom Altkleidersack bis zu ZZ-Top-LPs. Der Müll reichte fast bis zur Decke und ließ nur eine schmale Gasse zum Begehen des Hauses.

„Kommen Sie, wir gehen nach unten“, rief der Hausherr.

Die Kanzlerin vernahm nur eine dünne Stimme, weil die

übereinandergestapelten Pappkartons und Plastiksäcke als schalltoter Raum wirkten. Mit Mühe bahnte sie sich einen Weg durch das Lumpenlabyrinth und erreichte die Kellertreppe. Dort brannte zum Glück noch eine von der EU verbotene 100-Watt-Glühbirne, sonst wäre sie womöglich, ein Jahr vor den Wahlen, ins Bodenlose gestürzt. So erreichte die Kanzlerin erhobenen Hauptes den Keller und fand sich in einem Kinoraum wieder. Hier war alles aufgeräumt, nur das Wichtigste stand an seinem Platz: gepolsterte Klappstühle, Leinwand, zwei Tk 35 Projektoren mit Kofferlautsprechern, ein Umrollertisch, ein Regal mit Filmbüchsen.

„Das sind Schätze aus den Beständen der Bezirkslichtspielstelle Oranienburg, die nach der Wende niemand haben wollte." Der Besitzer zählte Titel auf wie *Iwans Kindheit*, *All that Jazz*, *Der Dialog*, *Herbstsonate*, *Pirosmani*, *Gewalt und Leidenschaft*. Der Kanzlerin sagten sie so viel wie die Namen der Minister von Finnland. Sie schämte sich zuzugeben, dass ihr Filmwissen furchtbar lückenhaft war und sie kaum mehr als das Schaffen des Regisseurs Staudte kannte.

„Ich möchte dich um einen Gefallen bitten ... Es muss unter uns bleiben, sonst bin ich erledigt."

Jens-Peter stutzte. Was zum Teufel konnte die Pfarrerstochter von ihm wollen, das der Regierungschefin das Genick brach, falls er darüber redete?

„Ich würde gern mehr von den Filmen sehen, die ich in meiner Jugend verpasst habe. Eigentlich alle." Die Kanzlerin lächelte verlegen.

Bock verstand nicht, wo das Problem lag. „Sie können sich

so gut wie jeden Film auf Arbeit kommen lassen oder nach Hause. Auch nicht jugendfreie, falls es Ihnen Spaß macht."

„Ich bin da überhaupt nicht wählerisch", sagte die Kanzlerin und griff in ihre Handtasche. Sie vibrierte, als befände sich ein klaustrophobisches Kaninchen darin, doch es war nur ihr Handy. „Ja, alles in Ordnung! ... Ich komme, wenn ich hier fertig bin ... Die Griechen, die Griechen! Zehn Jahre haben sie Troja belagert wegen der schönen Helena. Da werden sie wohl auf mich eine Stunde warten können."

Jens-Peter glaubte, sich verhört zu haben. Seine Schulkameradin hatte sich von einer grauen Maus zu einer Rättin mit Biss gemausert. Er dagegen war nichts anderes als ein zahnloser Kater.

„Wo waren wir stehen geblieben?", fragte sie.

„Sie sagten, Sie wären nicht wählerisch", erwiderte er. „Egal, man liebt das Kino ganz oder gar nicht. Aber wieso sind Sie erledigt, wenn …?"

„Ein andermal", wiegelte die Kanzlerin ab. Sie wusste, einem Uckermärker in kurzen Worten ihr Problem klarzumachen, war so unmöglich, wie einem EU-Kommissar die Grenzen von Europa zu erklären. „Welche Filme kannst du mir empfehlen … und womit soll ich anfangen?"

Die Frage erschien ihm, als wolle ein Analphabet anhand des Grimmschen Wörterbuchs lesen und schreiben lernen. Film war eine Universalsprache, sie braucht Augen und Ohren, viel Gefühl und etwas Verstand.

„Ist völlig wurscht, wenn man bei null anfängt", sagte Jens-Peter. „Ein Film führt zum anderen, vorwärts und rückwärts.

Das Kino ist wie ein großes Spinnennetz. Seine Fäden sind direkt oder indirekt miteinander verknüpft und laufen an einem Punkt zusammen – dem Moment, als die Bilder laufen lernten. Seitdem haben alle den Faden der Kunst des Spiels mit Licht und Schatten nur weitergesponnen, ihn fallen gelassen, verwirrt und mit immer neuen Techniken zu einem Netz aus Banalität und Grandiosität entwickelt."

Der anschauliche Vergleich gefiel der Kanzlerin. Vielleicht sollte sie das Böckchen, wie man ihn in der Schule genannt hatte, als Redenschreiber engagieren. „Das heißt, ich muss einfach irgendwo den Faden aufnehmen und werde irgendwann so klug sein wie eine Spinne?"

„Ich dachte, Frauen haben Angst vor Spinnen?"

Die Kanzlerin lächelte. „Eine Frau in der Politik darf sich vor nichts fürchten. Schon gar nicht vor neuen Erfahrungen."

Das leuchtete dem Filmvorführer ein, trotzdem verstand er ihr plötzliches Interesse nicht. „Wollen sie etwa umsatteln und Regisseurin werden?"

„Bin ich das nicht längst? Nach meiner Pfeife tanzen mehr Leute als in einem Bollywoodfilm ... Nein. Ich möchte endlich nachholen, was ich als Kind nicht durfte, und die Welt des Kinos entdecken. Die wirkliche Welt kenne ich inzwischen recht gut und zu lachen gibt es dort wenig."

Wie recht sie hat, dachte Jens-Peter. Trost fand ein empfindsamer Mensch heutzutage nur noch im Kino, wenn auch eher bei alten als bei neuen Streifen.

„Dann schauen wir mal, welche Schätze in meinem Filmarchiv lagern."

Während er in verstaubten Kartons der VEB Bezirkslichtspiele Brandenburg kramte, musste die Kanzlerin niesen.

„Gesundheit!“

„Was ist daran gesund, wenn man allergisch ist gegen Staubmilben?“, hüstelte sie. „Das habe ich erst, seit ich nicht mehr selber putzen muss.“

„Jeder Beruf deformiert den Menschen“, sagte Bock und fand endlich, wonach er suchte. „Fangen wir mit den Italienern an, die im DDR-Kino liefen: *Rom – offene Stadt*, *Fahrraddiebe*, *La Strada*, *Rocco und seine Brüder*, *Der Leopard*, *Das süße Leben*, *Liebe 62*.“ Behutsam strich er über das Cover mit den Konterfeis von Monica Vitti und Alain Delon. „Im Original heißt der Film *L'Eclisse* – Sonnenfinsternis. Bei uns wurde er von der Parteipresse als todlangweilig abgetan, obwohl es ein Meisterwerk von Antonioni über die Einsamkeit und Beziehungslosigkeit von Menschen im Kapitalismus ist.“

Das interessierte die Kanzlerin; sie bat, den Film samt der anderen Italiener ausleihen zu dürfen, und wollte eine Leihgebühr entrichten. Jens-Peter Bock winkte ab. Es fehle ihm an nichts, er lebe von Hartz IV und verdiene etwas dazu mit Filmvorführungen in Kinder- und Rentnerheimen. Der Besucherin war nicht verborgen geblieben, dass an mehreren Stellen im Haus Schüsseln und Wannen herumstanden.

„Ich schicke die Handwerker vom Schloss vorbei, um das Dach zu flicken. Es ist doch schade um all die Filmschätze.“

„Sie sind alles, was ich besitze.“ Jens-Peter nickte dankbar. Ohne seine Filme wäre er ein abgeschlossener Vorgang, reif fürs Archiv der nutzlosen Seelen.

Zwei der Personenschützer klopften an die Haustür und verlangten die Kanzlerin zu sprechen. Eilig verstaute sie die DVDs in ihrer Handtasche, stieg die Treppe hinauf und bahnte sich einen Weg durch die Müllgassen. „Mach wenigstens ein bisschen Ordnung, bevor die Dachdecker kommen", rief sie ihrem Schulfreund zu und verließ eilig das Haus, um den griechischen Präsidenten nicht länger warten zu lassen.

Nach dem offiziellen Gespräch mit den vergrätzten Griechen entschuldigte die Gastgeberin sich wegen einer leichten Migräne und verzichtete auf den geselligen Teil des Abends. In ihrem Zimmer legte sie die Beine auf die Couch, trank ein Glas Jasmintee, weil die vorgeschobenen Schmerzen sie nun wirklich plagten, und sah *Liebe 62.* Gleich fühlte sie sich besser, obwohl das Meisterwerk von Antonioni keine heitere Filmkost war. Ihr kam es nicht darauf an, sich nach einem anstrengenden Arbeitstag abzulenken. Sie wollte verstehen, was Kino ist, welches Geheimnis in ihm wohnt, dass ein vor hundert Jahren erfundenes Jahrmarktvergnügen die Menschen noch immer fesselt. Sie kannte nur die entfesselte Macht des elektronischen Mediums, das noch die unpopulärsten Maßnahmen der Politiker als Unterhaltungsshow verkauft und zugleich gnadenloser Kritiker derer ist, die Politik verantworten. Das Fernsehen war der magische Spiegel der Kanzlerin, in dem sie sich kontrollieren, extrapolieren, bisweilen gar amüsieren konnte. Besonders über die unverschämten Kanzlerinnen-Sketche des TV-Kabarettisten Richling. Im Kino würde darüber kein Mensch lachen, weil, so viel hatte sie bei Staudtes politischen Filmsatiren verstanden, auch die Überspitzung ein Gefühl von Sympathie für die Figuren braucht, die durch den Kakao gezogen werden.

Antonionis Humor war der eines intellektuellen Melancholikers, doch auch das gefiel ihr wegen seines tiefen Verständnisses für die bisweilen irrationale Psyche der Frauen. Am meisten aber erschütterte sie die Szene in der Mailänder Börse, wo für eine Minute der Aktienlärm schweigt zu Ehren eines gerade verstorbenen Parkettbörsianers. Schier endlos erscheint die Stille im Film, dann bricht die Hölle der Geldgier wieder los. Von diesem Regisseur musste sie mehr sehen, ebenso die Filme von Bergman, von dem sie kaum mehr als vom Hörensagen kannte.

Vor Jahren, bei einem Staatsbesuch in Stockholm, hatte sie ziemlich dumm dagestanden, als man ihr den berühmten Regisseur vorstellte und er auf Deutsch sagte: „Ich halte Sie für eine sehr außergewöhnliche Frau." Geübt, in den heikelsten Situationen Haltung zu wahren oder, falls das nicht überzeugte, sich in jungmädchenhafte Verlegenheit zu retten, war ihr die Peinlichkeit dieser Situation deutlich anzumerken gewesen, weil sie sich mit keinem Wort über wenigstens einen Film ihres charmanten Gesprächspartners revanchieren konnte. Der Pfarrerssohn aus Uppsala genoss ihre Unkenntnis und erklärte, die Jahre in Deutschland, wohin er aus Ärger über die schwedische Steuerbehörde übergesiedelt war, zählten zu den besten seines Lebens, wie die Filme *Das Schlangenei* und *Aus dem Leben der Marionetten*, die er in München gedreht hatte, zu seinen besten Werken gehören. Beide waren der Kanzlerin so unbekannt wie alle seine Filme, trotzdem erinnerte sie sich an die erwähnten Titel noch nach zehn Jahren und schrieb sie sogleich in ihr Notizbuch. Auch wusste sie, dass Bergman 2007 gestorben war, am gleichen Tag wie Antonioni, weil beide es damals geschafft hatten, sie von den Titelseiten der Presse zu verdrängen.

Wie beneidete sie Filmemacher, deren Werk über den Tod hinaus sichtbar blieb, während ihre gesammelten Fernsehauftritte, Fest- und Parteitagsreden ins klimatisierte, staubfreie, atombombensichere Bundesarchiv wanderten, um Historikern und Biografen als Quelle zu dienen. Sobald sie als Kanzlerin abtrat, war sie ein abgeschlossener Vorgang, wie ihr Schulfreund so treffend formulierte. Aber bis dahin konnte sie auf Staatskosten und ohne politisch korrekte Statements abgeben zu müssen Filme sehen, die der Nachwelt im Gedächtnis blieben. Der Nachwelt und ihr. Vom Wir zum Ich – eine neue Perspektive für die Kanzlerin, die persönliche Bedürfnisse immer hinter das Gemeinwohl stellte, bis sie keine mehr hatte. Damit sich das änderte, sah sie sich nach *Liebe 62* noch den Antonioni-Film *Il Grido* an und ging danach aufgewühlt, aber zufrieden zu Bett.

## - 5 -

Am nächsten Tag verschlief die Kanzlerin, was ihr noch nie passiert war. Nicht einmal die Müllmänner konnten sie wecken, die morgens um halb sieben viel Lärm um nichts machten, weil der Staatsschutz ihren Hausrat stets vorher durchsortierte. Beim medizinischen Check-up runzelte der Arzt die Stirn, denn er fand keine Symptome für eine akute Erkrankung. Weil sie schlecht zugeben konnte, bis zum Morgen wach gelegen und Filme gesehen zu haben, gab sie die Schuld den Griechen, die ihr mit der Sorge um die Zukunft Europas den verdienten Schlaf raubten. Was weder der Unwahrheit entsprach, noch weit hergeholt war. Jeder zeigte gern mit dem Finger auf Griechenland; die Türken, wenn sie etwas zu verbergen hatten; Bulgaren und Mazedonier, um auf sich aufmerksam zu machen; die Italiener, weil sie ihre Kultur den Griechen verdanken, aber die bessere Küche haben; die Mecklenburger wegen Heinrich Schliemann, der Troja entdeckte; und die Altmärker dank Johann Joachim Winckelmann, der den Griechen die Tugend stiller Einfalt und edler Größe andichtete. Der Kanzlerin lag das Land, in dem niemand Steuern zahlt, am Herzen, doch nicht so sehr, dass sie die Deutsche Bank pleite gehen lassen wollte, die den Löwenanteil an griechischen Staatsanleihen hielt. Sie befürchtete, dass der Milliardenkredit aus Brüssel so sinnlos war, wie Eulen nach Athen zu tragen, musste aber in Paris für den ägäischen Rettungsschirm werben, damit die Banken nicht im Regen standen.

In den nächsten Tagen würde sie kaum zur Ruhe kommen, fürchtete der Arzt, weil sie mit Monsieur *Rien ne va plus*, Frankreichs Staatspräsident, in Klausur ging. Also gab er ihr einen kräftigen Schlafcocktail mit auf die Reise.

Fürs Wochenende im Seebad Deauville hatte die Kanzlerin außer bequemer Kleidung einen Koffer mit „nassen Sachen“ bei sich, die sie ihrem Gesprächspartner unter die Nase hielt. Der Präsident reagierte verschnupft auf die Vorschläge zur Rettung des Euro, die die ohnehin angeschlagene Wirtschaft Frankreichs noch mehr belasteten. Wie sollte er den stolzen Franzosen die Forderungen der deutschen Regierung erklären?

„Schenk ihnen reinen Wein ein“, riet die Kanzlerin. „Sag ihnen, dass die Maßnahmen zur Kapitalaufstockung nicht greifen, weil eure Banken sich höher verspekuliert haben, als sie zugeben, und du eine schärfere Kontrolle des Staates kategorisch ablehnst.“

„Verstaatlichung der Finanzinstitute ist Sozialismus!“ Der Präsident schüttelte sich und aß die Trüffel seines Kalbsfilets.

Die Kanzlerin kaute immer noch an ihrer Vorspeise, rohe Meeresfrüchte in Weißweinsauce. „Unsere Nieten in Nadelstreifen haben die Zwangsregulierung ihrer Geschäfte auch geschluckt.“

„Die Deutschen haben die Idee der Freiheit lange vor uns ergründet, aber keinen Finger gerührt, bis wir sie mit unserem Blut erkämpften ...“

„Und die Idee von Gleichheit und Brüderlichkeit. Dafür lieben wir Frankreich. Trotzdem können wir für eure finanziellen Probleme nicht aufkommen.“

„Heißt das, wir sind weniger wert als Griechenland!?"

„Nicolas, ich mag diese falschen Töne nicht!", mahnte die Kanzlerin und bat den Kellner, die unansehnlichen Meeresfrüchte abzuräumen. Ihr war der Appetit vergangen, sie brauchte dringend frische Luft.

Beim Spaziergang am Strand fragte die Kanzlerin den vergrätzten Franzosen, ob er ein *ami du cinéma* sei.

Der Sohn eines ungarischen Lebemannes vermutete dahinter eine politische Fangfrage. Doch die manchmal entwaffnend direkte Mecklenburgerin wollte lediglich wissen, was er von der plebejischen Massenkunst hielt, die das Gute und Böse im Menschen zu wecken vermag, ihn zum Lachen und Weinen bringt.

*Cela passe ma portée, ma petite ratte*, dachte der Präsident und hüstelte dreimal, um Zeit zu gewinnen. „Madame, ich gestehe, auf diese interessante Frage nicht vorbereitet zu sein ... trotzdem ich mir Gedanken darüber mache." Er hakte sich bei der Deutschen unter und sortierte im Gehen seine Worte. Sie gingen im Schaumgetöse des Meeres fast unter, sodass der Dolmetscher nur mit Mühe ihren bruchstückhaften Inhalt in vollendete Sätze übertragen konnte. „Politik und Kino sind wie siamesische Zwillinge ... zwei Dinge, die man schwer voneinander trennen kann. Als Präsident von Frankreich liebt man die Politik und somit auch das Kino. Außerdem ist meine Frau die Schwester einer bekannten Filmschauspielerin."

Er redet wie immer um den heißen Brei herum, dachte die Kanzlerin, ließ dem Präsidenten aber Zeit, sich auf das Thema zu setzen wie der Hahn auf die Glucke.

Selbst wenn er nur Eier der Güteklasse C ausbrütete, musste sie ihn dafür loben, sonst wäre er beleidigt, würde vor die Presse treten und über ihr Treffen zur Rettung Griechenlands verkünden: „Frankreich arbeitet daran, Deutschland denkt darüber nach.“ Aber diesmal wollte sie sich nicht von ihm in die Pfanne hauen lassen.

„Wir Franzosen sind die einzigen Europäer, die Hollywood nur eine begrenzte Quote gestatten. Mit erheblichen Staatsmitteln sorgen wir dafür, dass unsere Filme an den Kinokassen in der Mehrzahl bleiben.“

„Das ist sehr lobenswert. Aber mich interessiert, ob Sie sich gern Filme ansehen und welche“, wiederholte die Kanzlerin und bereute, das Thema überhaupt angeschnitten zu haben angesichts der Kürze der Zeit, in der sie ungestört reden konnten.

„Gern schon, aber zu selten. Die Arbeit. Sie wissen ja! ... Carla beklagt sich jedes Mal, dass sie allein ins Kino gehen muss. Ich lasse mir nachher den Film von ihr erzählen, vergesse aber die Titel meist sofort wieder.“

„Wie Ihr Lieblingsfilm heißt, wissen Sie doch sicher?“, drängte die Kanzlerin, weil es zu nieseln anfing und sie Spaziergänge im Regen hasste.

„Aber gewiss ... *Les Enfants du Paradis* von Marcel Carné.“

Der Dolmetscher übersetzte wörtlich, sodass die Kanzlerin ihn korrigieren musste. „Bei uns heißt der Film *Die Kinder des Olymp*. Was für ein schöner Titel.“

Der Präsident lächelte entgegenkommend. In Wahrheit ärgerte ihn die teutonische Angewohnheit, allem, was den Franzosen heilig ist, andere Namen zu geben. Statt zum *coif-*

*feur* gehen sie zum Friseur, haben eine Affäre und meinen *un liaison*, das Gegenteil von *une affaire,* einer sachlichen Angelegenheit. Und sie nennen einen *metteur en scène* Regisseur, der im Französischen nur ein gewöhnlicher Hausmeister ist. „Wie finden Sie *Les Enfants du Paradis*, Madame?"

„*Fantastique.* Einer der besten Film aller Zeiten", sagte die Kanzlerin und blieb stehen, um den feuchten Sand von den Schuhen zu schütteln. Derweil tadelte der Präsident seine Bodyguards, weil sie die Regenschirme vergessen hatten, Die Kanzlerin nahm sich mehr Zeit als nötig, ihre Schuhe zu leeren, weil sie *Die Kinder des Olymp* nie gesehen, nur von ihm gelesen hatte. Das würde sie ändern, sobald sie wieder zu Hause war.

Wegen des Nieselregens, der ihnen wie ein Brauseschauer entgegenschlug, und der nicht vorhandenen Parapluies kehrten sie zurück zum Hotel. Doch es gab noch einen dritten Grund: Weil der Wind überm Ärmelkanal ihre streng vertraulichen Worte bis an die Kreidefelsen von Südengland trieb, wo deutsch-französische Gespräche möglichst nicht mitgehört werden sollten, hielten die Staatsoberhäupter es für besser, in abhörsichere Räume auszuweichen.

Unterwegs erinnerte sich der Präsident seines zweiten Lieblingsfilms: *Die Regenschirme von Cherbourg*. Diesmal gestand die Kanzlerin ein, besagtes Werk nicht zu kennen, und war ganz Ohr.

„In dem Film wird kein Wort gesprochen, nur gesungen und getanzt. Es geht, wie immer in unserem Kino, um die Liebe und die Schönheit der Französin.

Mit der Rolle einer romantischen Regenschirmverkäuferin begann die junge Catherine Deneuve ihre schauspielerische Karriere, die fünf Präsidentenämter überdauerte. Ich denke, dass sie auch mich noch übersteht, haha!" Das Lachen über den Scherz ertrank in Tränen von Regenwasser, die dem Präsidenten über das Gesicht rannen. „Sie natürlich nicht, Madame. Sie werden länger im Amt bleiben als François Mitterand."

„Das hoffe ich nicht", beteuerte die Kanzlerin. „Ich habe auch noch anderes zu tun, als Europa zu retten."

„Verstehe, Sie vermissen die wissenschaftliche Forschung. Dagegen ist Politik wie spielen mit dem Chemiebaukasten."

„Nur gefährlicher. Es knallt leichter ... Ich möchte, solange ich noch klar sehen und hören kann, Expertin in Sachen Film werden."

Der Präsident sah seine Begleiterin erstaunt an und rieb sich die Augen. Ihre Züge schienen verschwommen wie die Nahaufnahme einer Filmdiva mit weichzeichnendem Objektiv. Wie Marlene Dietrich als Zarin Katharina die Große in *The Scarlet Empress*. „Für mich ist Politik Wissenschaft und Kunst in einem. Und die nationale Frage eine vordergründige, nichts Schlechtes ..."

„Wir Deutschen haben nach zwei Diktaturen keine gute Erinnerung an die zu enge Verbindung von Kunst und Politik. Aus diesem Grund gibt es bei uns keinen Propagandaminister, die Filmzensur ist eine freiwillige Selbstkontrolle, die nur Rassenhass, religiöse Intoleranz und Gewaltpornografie verbietet." Der Präsident nickte zustimmend, fühlte sich jedoch missverstanden. Französisches Kino, das beste der Welt, sei für ihn eine Herzenssache des nationalen Selbstverständnisses. Schließlich wurde das Kino gleich zweimal in Frankreich erfunden, von Georges Meliès und den Brüdern Lumière.

„Ich denke, die Politik kann viel vom Kino lernen", beharrte die Kanzlerin. „Die Menschen haben immer weniger zu lachen und die Eliten vergießen keine Träne über die dramatischen Folgen ihres Tuns. Wir sollten Filme studieren, um das Vertrauen der Wähler wiederzuerlangen. Unsere Freunde im Weißen Haus haben das längst begriffen und Hollywood für ihre geostrategischen Ziele eingespannt."

Der Präsident dachte nach. „Filme über mich als Actionheld, der seine Familie aus den Klauen böser Terroristen rettet ... ein hübsche Idee. Aber wer soll mich spielen? Depardieu ist zu dick und Piccoli zu alt. Aber vielleicht Jean Dujardin?"

Im Hotel besprachen sie, nachdem sie sich umgezogen und mit ihren Ehegatten telefoniert hatten, der Präsident fast eine Stunde, die Kanzlerin fünf Minuten, bei einem Glas Calvados am knisternden Kamin bis spät in die Nacht ein konzertantes Vorgehen, um die EG zu stärkeren Sanktionen gegen schlecht wirtschaftende Mitgliedsländer zu zwingen. Über Kino wurde auf dem Treffen nicht mehr geredet. Der Katastrophenfilm eines bankrotten Europa verdarb den beiden Staatsoberhäuptern die Lust auf andere dramatische Szenarien.

Auf dem Rückflug von Paris nach Berlin las die Kanzlerin wie gewohnt im Internet die Tagespresse über sich. *Le Monde* zitierte den Staatspräsidenten, der über das Treffen mit der Kanzlerin resümierte: „Frankreich denkt nach und Deutschland arbeitet daran." Der *Spiegel*, der den Grimmschen Märchennamen „Angela Mutlos" im deutschen Blätterwald etabliert hatte, lobte die Kanzlerin jetzt als „Fleißiges Lieschen" und nannte den Präsidenten Frankreichs „Le raisonneur", nach der Skulptur von Auguste Rodin. Das Thema Film hatte sich ungewollt als diplomatisches Überraschungsmoment erwiesen.

Während ihre Protokollchefin Helen Teufert, im Stab nur „die Teufelin" genannt, wegen plötzlicher Turbulenzen zur Toilette eilte, googelte die Kanzlerin *Die Kinder des Olymp* und sah, dass der Film auf DVD erhältlich ist. Von Michelangelo Antonioni gab es alle wichtigen Filme in deutscher Fassung: *L'avventura*, *La Notte*, *Die rote Wüste*, *Blow up*, *Zabriskie Point*, *Beruf: Reporter*. Alle wollte sie sehen, doch woher die Zeit nehmen?

Sie bräuchte ein Jahr Urlaub vom Regieren, um sich eine solide Grundlage über die Geschichte des Kinos von seinen Anfängen bis heute anzueignen. Für die wenigen Nachtstunden, die sie dem Schlaf abzutrotzen imstande war, ohne hässliche Augenringe zu bekommen, sollte sie eine wohlüberlegte Auswahl treffen, und jemand mit cineastischem Sachverstand aus ihrem Umfeld musste sie beraten. Ihr Schulfreund aus Gransee war ein Filmsüchtiger, offensichtlich auch süchtig nach Alkohol, und die Art von privatem Umgang, auf den die Boulevardpresse sich mit Kusshand stürzen würde. Sie konnte sich lebhaft die Schlagzeile ausmalen: „Kanzlerin schaut heimlich Pornofilme mit alter Schulliebe". Da ihre vertrauten Mitarbeiterinnen nur

Politologie, nicht an der Filmakademie studiert hatten, blieb nur, einen ausgewiesenen Experten anzuheuern und regelmäßig mit ihm essen zu gehen. Bloß nicht im Borchardt, wo ihr Vorgänger gern mit namhaften Künstlern zu Mittag speiste. Seit ihrer Wahl zur Kanzlerin vermied sie es, sich mit ihm in irgendeiner Weise zu vergleichen. Nicht weil er Sozi, sondern weil er ein eitler Sozi war. Beides konnte ihr niemand vorwerfen. Was sie und ihre Partei einmal beschlossen hatten, dazu stand sie, ohne bei sinkender Popularitätsquote umzufallen und die Vertrauensfrage zu stellen. Die Medien wegen Artikeln über ihre getönten Haare zu verklagen, käme ihr nicht in den Sinn. Man mochte sie „Mutti" nennen, sie als Murkskanzlerin beschimpfen und ihr Machtstreben um der Macht willen vorwerfen – auch deshalb würde sie nicht ihre Anwälte konsultieren. Dass sie, wie jeder empfindsame Mensch, unter der Disposition ihrer nur protokollarisch, nicht medial respektierten Person litt, ging niemanden etwas an. Wie in dem Gedicht von Fernando Pessoa über den vorgetäuschten Schmerz des Dichters täuschte sie Stärke und Ausgeglichenheit vor, die sie wirklich besaß. Aber nicht immer. Sie wollte endlich einmal ein kleines Geheimnis für sich behalten. Darum musste ihre Beziehung zum Kino im Verborgenen blühen, sonst würde das zarte Pflänzchen ihres noch jungen Glücks von der Presse totgetreten.

Andererseits stand ohne sachkundige Hilfe zu befürchten, dass sie sich in den unermesslichen Weiten dieser glücklichen Beziehung verirren könnte wie Alice im Spiegelland. Deshalb rief sie den Kulturstaatsminister an und bat um Vorschläge für ein informelles Gespräch mit namhaften heimischen

Filmregisseuren. Der Minister nannte nach reiflicher Überlegung die Regisseure Fatih Akin (wegen der türkischen Integration), Dani Levy (wegen des jüdisch-deutschen Elements), Andreas Dresen (wegen der Osterweiterung) und Doris Dörrie (wegen der Frauenquote). Dass auch Christoph Schlingensief (wegen der Neuwähler und Bayreuth) auf der Liste stand, tat nichts zur Sache. Die Kanzlerin hätte ihn ohnehin nicht treffen wollen. Sein gepfefferter Parsifal hatte ihr noch Tage nach der Premiere schwer im Magen gelegen, ganz zu schweigen von seinem kindischen Aufruf „Tötet Kohl!", den sie geschmacklos und zudem überflüssig fand. Schließlich hatte ihr politischer Ziehvater sich selbst die Kugel gegeben mit der Parteispendenaffäre. Dass Schlingensief, der Liebling des Feuilletons, unlängst verstorben war, war dem Minister anscheinend entgangen. Überhaupt steckte der Kanzlerin zu viel politischer Proporz in der Auswahl, sie suchte ja nur jemanden, der ihr half, alte und neue Filme auszuwählen, die zu sehen sich lohnte. Also schickte der Kulturstaatsminister eine Liste mit Namen deutscher Filmkritiker, kirchlicher Filmbeauftragter und Festivalleiter. Außer Berlinale-Chef Kosslick kannte die Kanzlerin niemanden von ihnen. Sollte sie ihn kontaktieren? Zwischen Hamburg und Haiti war kein amüsanterer Prediger in Sachen Kino und keiner, der eifriger aus dem Nähkästchen plauderte. Damit die Nachrichtenagenturen zwischen Hamburg und Haiti ihr Geheimnis nicht in die Welt hinausposaunten, entschied sie sich, mit keinem der Genannten zu sprechen, und rief stattdessen Volker Schlöndorff an. Mit ihm hatte sie nämlich, wie die Mecklenburger sagen, noch ein Hühnchen zu rupfen. Der Blechtrommler wohnte, wie die Berliner sagen, dichte bei in Babelsberg und war wie Nante, der Eckensteher, ein launiger Kritiker der Obrigkeit. Unlängst hatte er in einem offenen Brief an die Kanzlerin gefordert, sie solle in ihren alten Beruf zurückzukehren, statt weiter unser schönes Land in Grund und Boden zu regieren. Dabei hatte er sie wie selbstverständlich gedutzt, als wären sie Schulfreunde.

„Ja bitte!", krächzte eine stark vergrippte Stimme.

„Guten Abend, Herr Schlöndorff! Hier ist die Bundeskanzlerin. Ich hoffe, ich störe nicht."

Ein Poltern in der Leitung ließ vermuten, dass dem Angerufenen das Telefon aus der Hand gefallen war. „Entschuldigung, ich bin gestolpert ... Können Sie mich hören?"

„Allerdings. Ich kann Sie auch verstehen mit dem, was Sie über mich geschrieben haben"

„Ich hoffe, Sie sind mir nicht böse ... Ich sage bisweilen fürchterliche Sachen, wenn ich wütend bin. Eigentlich bewundere ich Sie ... als Frau."

„Das liest man aus Ihrem offenen Brief nicht unbedingt heraus. Aber mussten Sie mich deshalb gleich duzen?"

„Mich redet jeder Kritiker mit Volker an, aber wenn er meinen Film verreißt, schreibt er ‚der Schlöndorff'."

„Lassen wir die Formalitäten. Ich rufe an, weil ich Ihren Rat brauche." Am anderen Ende der Leitung hörte man nicht einmal den Atem des Zuhörenden. „Da Sie sich als mein Ratgeber bewiesen haben, der kein Blatt vor den Mund nimmt, möchte ich mehr von Ihnen profitieren."

„Verstehe ich richtig, ich soll Sie weiter kritisieren?"

„Nein, das überlassen wir den Leitartiklern. Ich brauche Ihren filmischen Sachverstand. Wann können wir uns treffen?"

„Jederzeit. Bei Ihnen oder woanders?"

„Sagen wir, bei Ihnen zu Hause?

„Bei mir ist schlecht. Besser in meinem Büro im Studio Babelsberg."

„Zu viel Aufsehen. Gibt es keinen Ort in Berlin?"

„Ich bin die ganze Woche im Schneideraum in Charlottenburg. Dort sind wir ungestört."

„Ich rufe Sie an, sobald ich Zeit habe", versprach die Kanzlerin, obwohl ihr klar war, dass sie das Versprechen nicht halten würde. Sonst könnte sie den Grund ihres Treffs mit Volker dem deutschen Volk gleich selbst zur Kenntnis bringen.

Obwohl er das Rauchen längst aufgegeben hatte, zündete sich Schlöndorff mit zittriger Hand eine Zigarre an. Seine Frau war besorgt, als sie ihren Mann in eine Qualmwolke eingehüllt sah. Etwas Schlimmes musste passiert sein, mutmaßte sie, dass Volker zu einer dieser stinkenden DDR-Zigarren Marke Sprachlos griff, die der Drehbuchautor Kohlhaase ihm zur Premiere von *Die Stille nach dem Schuss* geschenkt hatte.

„Wolfgang meint, die soll ich rauchen, falls man mir je das Amt des Kulturministers anträgt, und dann sofort, wie Fritz Lang 1933, den Nachtzug nach Paris nehmen."

Also fing Frau Schlöndorff schon mal an zu packen.

## - 6 -

In den nächsten Tagen konnte die Kanzlerin keine Minute Schlaf für den fakultativen Filmunterricht entbehren. Innerhalb der Schwesterpartei kriselte es und die Energiekonzerne drängten auf längere Laufzeiten der AKW. Zudem gab es Verstimmungen mit ihrem langjährigen Kanzleramtsleiter, jetzt Innenminister, von dessen Maßnahmen gegen vermeintliche Terrorgefahren sie erst aus der Presse erfuhr, was zu allerlei Spekulationen über Differenzen zwischen ihnen führte. Zu all diesen Dingen musste sie postwendend Stellung beziehen, als ob sie nicht genug anderes zu tun hätte. Allein ihr Terminkalender für Auslandsreisen war auf Monate randvoll, weshalb man sie die heimliche Außenministerin nannte. Was nicht ganz falsch war. Der Parteichef des Koalitionspartners, für das diplomatische Amt so geeignet wie ein Elefant fürs Porzellangeschäft, flickte zudem als Sprecher der Besserverdienenden den Schlechterverdienenden dauernd am Zeuge, und die Kanzlerin musste es in der eigenen Fraktion ausbügeln. Dort war man der Meinung, der Außenminister höre auf sie wie auf seine Mutter. Was hinterhältig war und darauf zielte, dass sie keine eigenen Kinder hatte. Zudem stand ihr Juniorpartner mächtig unter Druck wegen der rasenden Talfahrt in den Meinungsumfragen und des gebündelten Dauerbeschusses ob seiner kommoden Steuergeschenke für die Hotelbranche. Damit erwies sich der liberale Freigeist als Rettungsanker, der auch die Kanzlerin hinabzuziehen drohte. Obwohl die Farbsymbolik der immergleichen Berufskleidung – Hose,

Blazer, Bluse, Halsschmuck – ihr herzlich egal war, vermied sie inzwischen die Kombination Schwarz-Gelb.

Als erste Frau im Staat durfte sie weder ihre beruflichen noch privaten Gefühlsschwankungen zu erkennen geben. Sie musste Haltung bewahren, Stärke zeigen und jede auch noch so überflüssige Rede souverän vortragen. Spontaneität, ohnehin nicht ihre größte Tugend, behielt sie sich für abendliche Dinnerpartys und Einzelgespräche vor. Auch zu Hause konnte sie sich nicht einfach fallen lassen, weil ständig das Telefon klingelte und ihr Mann von seiner Arbeit ebenso angespannt war wie sie. Sie wusste, dass er unter ihrem hohen Amt litt, sich zwar nicht unbedeutend fand, aber die ironischen Bemerkungen der Kollegen über seine Gattin satt hatte. Ehemänner mächtiger Frauen werden gern schief angesehen, weil die Gesellschaft nicht glaubt, dass sie kein Problem mit der Situation haben. Wie sollte sie als Kanzlerin nicht stark sein, war sie doch von mächtigen Männern umgeben, die jede ihrer Schwächen ausnutzten? Ihr Glück, dass sie nicht wie Claudia Schiffer aussah und wie ein Mann denken und handeln konnte.

Zu Beginn ihrer Amtszeit hatte sie sich überproportional mit Frauen umgeben, um ihrem Geschlecht eine Chance einzuräumen. Nicht freiwillig, sondern weil die Gleichstellungsbeauftragtinnen dies von ihr forderten. Inzwischen hegte sie Zweifel, ob Frauen von Natur aus die besseren Mitarbeiter waren, aber das würde sie öffentlich nie verlauten lassen. Alles Schlechte, was man über Männer und Macht sagen kann, stimmte. Nicht alles, was man Positives über Frauen in der Politik sagt, hielt der Erfahrung stand. In Wahrheit kam sie nun mal mit Männern besser aus, weil die leichter zu durchschauen waren. Ihr eigenes Geschlecht kannte zu viele Strategien der Verstellung, konnte sich die blödesten Ideen als „neues Denken“ schönreden, wenn man sie nur an der Durchsetzung des Blödsinns beteiligte. Das machte sie in führenden Positionen unberechenbarer als Männer, weil Frauen schwerer zugeben können, dass sie Opportunisten sind. Ihre Überzeugungen, egal wie falsch, verteidigen sie wie eine Löwin ihr Junges, während Männer über die eigene Schuftigkeiten lachen können, ohne sich deshalb in Frage zu stellen. Frauen gehen zum Psychiater oder nach Indien, sobald sie die Widersprüche ihrer Positionen als bedrohlich empfinden. Männer spielen Golf, betrinken sich oder gehen fremd und machen weiter wie gehabt.

Die menschlichen Schwächen und Untugenden zu bekämpfen war nie ihr Ziel gewesen. Aber nicht im Traum hatte sie je daran gedacht, einmal als Bienenkönigin im Volk der Niederträchtigen, Eitlen und Gierigen für deren Erhalt sorgen zu müssen. Sie, die Tochter eines protestantischen Pfarrers, die zu Sparsamkeit, Tugend und Gehorsam erzogen worden war. Zwanzig Jahre lang diente sie nun schon dem Wohle des Vaterlandes, fragte nie nach ihren persönlichen Bedürfnissen.

Es wurde Zeit, etwas für sich zu fordern, das nicht dem politischen Zweck diente. Oder ihm indirekt doch diente. Und wäre nicht eine Kanzlerin mit Filmbildung einem Volk, das von Kindesbeinen mit Kino und Fernsehen gefüttert wird, um vieles näher? Sie war mit Mitte fünfzig eine cineastische

Analphabetin. Das sollte sich ändern, und zwar ohne Wissen des Landes, das sie regierte. Wenn die Presse davon Wind bekäme, würde die Opposition ihr vorwerfen, sich in Traumwelten zu flüchten, statt den Realitäten ins Auge zu sehen. Niemand würde ihr Freizeitvergnügen respektieren, obwohl sie sich konsequent verbat, ein öffentliches Privatleben führen zu müssen. Wie gern würde sie einmal zu den Filmfestspielen nach Cannes und Venedig reisen, die Berlinale besuchen oder die Hofer Filmtage, das jährliche Familientreffen deutscher Cineasten.

„Vergiss es", winkte ihr Gatte ab, als sie darüber sprachen. „Nicht mal in Templin könntest du ins Kino gehen, ohne dass die *Bild*-Zeitung es auf der Titelseite bringt. Es wäre pure Zeitverschwendung. Das Kino ist keine Kunst, nur Klamauk und Zugabe für Popcorn und Cola."

„Es gibt auch Filme, die betroffen machen und zu Tränen rühren", fand die Kanzlerin. „Oder zu herzlichem Lachen. Das soll gesund sein."

„Selbst der grüblerischste Film kann nicht das Hochgefühl eines Opernbesuchs erzeugen. Dauernd quasseln Leute dazwischen und rennen aufs Klo."

Selten widersprach die Kanzlerin ihrem Gatten, weil er zumeist recht hatte, und, falls nicht, sie zu müde war für verbale Gefechte, von denen sie tagsüber im Amt genügend auszutragen hatte. Doch diesmal schien es ihr, als wolle er aus Prinzip anderer Meinung sein, um ihr etwas auszureden, das ihm nichts bedeutete.

„Auch in Bayreuth gibt es Leute, die nerven. Sie haben die

Partitur des *Ring* auf den Knien, dirigieren mit und stöhnen, wenn das Orchester zu schnell oder zu langsam spielt."

„Wenigstens gehen sie nicht mittendrin aufs Klo", sagte ihr Mann und ließ sich nicht davon abbringen, dass Kino eine Zumutung sei. „Als wir jung waren, gingen wir nur hin, um im Dunkeln ..."

„Du vielleicht, ich nicht!", parierte die Kanzlerin resolut. „Mein Vater hat mir verboten, ins Kino zu gehen. Er war der Meinung, Filme verderben den Charakter."

„Recht hat er ... Übrigens, er rief heute bei mir an, weil er dich nicht erreichen konnte."

„Was Wichtiges?"

„Er muss wieder ins Krankenhaus und fürchtet, diesmal ist es ernst."

„Und das sagst du mir erst jetzt!" Die Kanzlerin griff zu ihrem Diensthandy und wartete auf das Rufzeichen.

Es handele sich bloß um eine Routineuntersuchung, beruhigte die Mutter die Tochter. „Du weißt doch, er dramatisiert gern. Er hätte Schauspieler werden sollen und nicht Pfarrer."

Trotzdem wollte die Tochter den Vater sprechen, bekam aber zu hören, dass Vati schon schlief.

„Sag ich doch, er dramatisiert wieder", lästerte der Schwiegersohn.

„Ach, sind wir nicht alle Darsteller des ewigen Dramas von Leben und Tod?"

„Weil wir zu viel Filme schauen und meinen, wir müssten genauso sein wie die Helden auf der Leinwand. Aber im Leben gibt es kein Happy End."

Die Kanzlerin wollte sich ihr neues Freizeitvergnügen nicht madig machen lassen und suchte nach einer Formel, die weitere Diskussionen erübrigte, aber ihr fiel nur der Satz ein „Kino gibt uns das Verständnis der Welt durch Mitgefühl und Empörung."

„Dann gute Nacht! Und verdirb dir nicht die Augen", sagte ihr Gatte und ging zu Bett.

Die Kanzlerin setzte ihre Brille auf, schob einen Film ins Abspielgerät und machte es sich auf dem Sofa bequem. *Die Kinder des Olymp* begann wie eine Oper mit Ouvertüre bei geschlossenem Bühnenvorhang, Nach dem Vorspann ging der Vorhang hoch und man war mitten in das Paris des 19. Jahrhunderts versetzt. Da neben ihr niemand Popcorn und Cola verzehrte oder quasselte, stellte sich das Bayreuther Hochgefühl ungetrübt ein und hielt volle drei Stunden, die zum Heulen traurig waren, aber auch hinreißend heiter – französisch eben. Hatte die Kanzlerin noch Zweifel gehabt, ob die mehr oder weniger selben Geschichten von Liebe, Arbeit und Tod sie auf Dauer fesseln konnten, so waren sie mit diesem Meisterwerk restlos verflogen. Allein dieser Film bewies, dass das Kino den anderen Künsten nicht nur ebenbürtig war, sondern die tiefsten Einsichten in die Dinge des Lebens gewährte. Ihren Gatten würde sie schon noch dazu bringen, es einzusehen und die Nächte mit ihr durchzumachen.

Am Morgen rief ihr Vater an und erinnerte sie daran, in der Islam-Debatte des Bundestages die christlichen Werte nicht zu kurz kommen zu lassen. Die Kanzlerin versprach es, obwohl andere Fragen sie plagten. Sie wollte wissen, weshalb sie als Kind nie ins Kino durfte.

„Ich wollte vermeiden, dass man dich auch noch außerhalb der Schule politisch indoktriniert. Außerdem halte ich das Kino für tendenziell atheistisch, weil Gott nicht darstellbar ist, sich nur im Glauben der Menschen zeigt."

„Und was ist mit den *Don-Camillo*-Filmen? Da spricht Gott zu seinem treuen Kirchendiener." Die Kanzlerin wusste, dass ihr Vater zumindest einen dieser Filme kannte. Wegen des schallenden Gelächters, das durchs Pfarrhaus bis ins Kinderzimmer drang, war sie eines Abends nachsehen gegangen und hatte die Eltern beim Westfernsehen überrascht.

„Ich musste mir das anschauen, um mitreden zu können", verteidigte sich der Vater. „Die ganze Gemeinde redete damals nur von Camillo und Peppone. Und die Parteileute waren beleidigt, weil sie sich als Witzfiguren dargestellt sahen ... Dabei spielt das doch in der Po-Ebene, nicht in Prenzlau und Umgebung."

„Auch auf dem Schulhof gab es damals kein anderes Thema. Nur ich konnte nicht mitreden und wurde ausgelacht."

„Mir war es wichtig, dass du Bücher liest, statt dir mit Filmen die Augen zu verderben ... Es hat meiner Tochter wohl nicht geschadet ... Inzwischen gibt es über dich fünf Biografien, tausende Stunden Fernsehbericht ... Also vergiss Don Camillo und Peppone! Du musst Italien vor der Staatspleite retten."

„Das werde ich", versprach die Kanzlerin. „Schon deshalb, weil Europa den Italienern großes Kino verdankt."

Erst jetzt beginne sie zu verstehen, warum Kino die wichtigste aller Künste sei – es spende Trost und mache Mut.

„Das klingt, als wolltest du Lenin mit Mutter Theresa verkuppeln."

Dass die Kritik berechtigt war, wenn auch überspitzt, nahm die Kanzlerin hin. Dass er nicht verstand, worum es ihr ging, forderte sie erst recht heraus.

„Politik ist die Kunst des Machbaren, Kino die Darstellung des Unmöglichen. Ohne bewegte Bilder hätten wir keine genaue Vorstellung von uns, würden blind durchs Leben stolpern wie Menschen im Mittelalter, die nur gemalte Bilder von Himmel und Hölle und das Licht der Altarkerzen kannten."

Der Vater war beeindruckt von dem in freier Rede verfertigten Vortrag seiner Tochter, konnte es aber nicht zugeben. „Du hättest Filmbeauftragte der Lutheranischen Kirche werden sollen. Dann würde sogar ich ins Kino gehen."

## - 7 -

Zwei Wochen später landete die Kanzlerin spät abends mit dem Helikopter im Tiergarten. Sie hatte an diesem Tag der Beerdigung ihres Vaters beigewohnt, eine Integrationsschule in Hamburg eingeweiht, eine Rede vor Arbeitern in Rüsselsheim gehalten und war zu einem Treffen mit Vertretern der deutschen Börse nach Frankfurt geflogen. Die Börsianer beharrten auf ihren Einwänden gegen eine staatliche Bankenkontrolle und verteidigten vehement den Erhalt exponenzieller Bonuszahlungen an Finanzakteure. Die Kanzlerin warf ihnen vor, sie nicht in vollem Umfang über die Probleme der Finanzmärkte informiert zu haben, und bestand auf ihrer Forderung, die Boni so lange auszusetzen, bis sich der Aktienmarkt konsolidiert hatte. Weil die Herren am Abend das Konzert von Lang Lang nicht versäumen wollten, luden sie die Kanzlerin zu einer Stunde der Besinnung in die Alte Oper ein. Unter lauter Männern in dunklen Anzügen wirkte die Politikerin in ihrem blauen Blazer wie die Antwort von Yves Klein auf Malewitschs schwarzes Quadrat. Als der Pianist Chopins Klaviersonate Nr. 2 b-Moll Opus 35 spielte, verließ sie das Konzert und flog zurück nach Berlin.

Am nächsten Tag stand in der Frankfurter *Bild*, die Kanzlerin wäre so gerührt gewesen von dem chinesischen Wunderknaben, dass sie unter Tränen aus dem Saal geeilt sei. Der Grund für ihren Gefühlsausbruch war jedoch ein anderer. Für die Trauerfeier ihres polnischstämmigen Vaters hatte sie Chopins Trauermarsch ausgewählt. Er kam in Andrzej

Wajdas *Asche und Diamant* vor, einem Film, den sie gerade erst gesehen und der sie tief bewegt hatte. Die Kanzlerin, sonst nicht am Wasser gebaut, fragte sich, ob das Kino ihr guttat. Dass Kabarettisten und Kolumnisten sie zum Gespött machten, war ihr egal, als Heulsuse der Nation aber wollte sie keinesfalls gelten. Darum beschloss sie, in den kommenden Nächten Filme von Buster Keaton, Jacques Tati und Gerhard Polt anzuschauen.

In den nächsten Tagen verging der Kanzlerin das Lachen, weil der kleine Koalitionspartner immer größere Probleme machte. Durch die Filme von Werner Herzog wusste sie: *Auch Zwerge haben klein angefangen*. Doch die FDP bewies eher, dass Zwerge schrumpfen, wenn sie sich zu sehr aufblasen. Es stand zu befürchten, dass die Blau-Gelben bei der nächsten Wahl zum Bundestag dort landeten, *Wo die grünen Ameisen träumen*, und die bayerische Schwesterpartei zum Dreikönigstreffen das Lied anstimmte *Jeder für sich und Gott gegen alle*. Das verhieß nichts Gutes für die Regierungsbildung nach der nächsten Wahl. Ihr Amtsvorgänger hatte gezeigt, dass Sozis ein *Herz aus Glas* haben, mit den Grünen anzubandeln war eine *Fata Morgana*, obwohl *Letzte Worte* noch nicht gesprochen waren, während die Linke wusste: *Mit mir will keiner spielen* und sich selbst zerfleischte. Im Bundestag kam die Kanzlerin sich oft vor wie ein tanzendes Huhn auf einer heißen Herdplatte. Wurde sie von einem Redner der Opposition beschimpft, versuchte sie kein *Lebenszeichen* zu geben und checkte die Mails auf ihrem Handy. Stand sie am Rednerpult und rief zu *Maßnahmen gegen Fanatiker* auf, warnte vor den Gefahren für eine *Behinderte Zukunft* durch sinkendes Wirtschaftswachstum und dem Misslingen der Energiewende, wodurch Deutschland zu einem *Land des Schweigens und der Dunkelheit* würde, das unweigerlich unters *Rad der Zeit* käme, wartete die Pressemeute wie *Nosferatu* darauf, dass Nasenbluten, Schluckauf oder ein böser Versprecher sie aus dem Konzept brachten. Als Rednerin fehlte ihr die Überzeugungskraft eines *Fitzcarraldo*, um mit Worten und Gesten die *Verwandlung der Welt in Musik* zu bewirken. Deshalb zog sie sich Abend für Abend in die *Höhle der vergessenen Träume* zurück und schaute Filme. Sie wurden *Glaube und Währung* der Kanzlerin, so lange weiterzumachen, bis jemand gefunden war, der oder die sie ersetzen konnte.

Bei der nächsten Kabinettsitzung, bei der es um den Länderfinanzausgleich ging, aus dem Bayern aussteigen wollte, warf die Kanzlerin der CSU Separatismus vor. „Ein Zugführer kann nicht aus dem fahrenden Zug springen, ohne sich und die Passagiere zu gefährden."

„Aber er kann auch nicht die Fahrtkosten für die Passagiere zahlen, damit der Zug rollt", parierte der CSU-Vorsitzende. Er fand es nicht akzeptabel, dass Bayern ärmere Bundesländer alimentieren müsse, die Überschüsse erwirtschaften. „Du wärst auch nicht so dumm, deinen Nachbarn die Miete zahlen, damit sie ihr Einkommen auf die hohe Kante legen können."

Weil er sie persönlich angriff, nannte die Kanzlerin ihn *Mein liebster Feind* und hätte sich damit beinahe verraten. Doch dem König der Blau-Weißen sagten die Filme des genialen Münchners Werner Herzog nichts. Und wenn, hätte er sie als „elende Schmarren“ abgetan, denn ein Genie duldet kein anderes neben sich.

Für die Kanzlerin waren Herzogs Filme *Lektionen in Finsternis* – verstörend, einfühlsam, maskulin und sehr deutsch. Trotzdem sah sie sich das quantitativ und qualitativ beeindruckende Werk nicht nur wegen der seltsamen Titel an. Sie wollte auch das Kino eines Besessenen aushalten, der die Grenzen menschlicher Möglichkeiten zu ergründen sucht und dabei sein Leben aufs Spiel setzt. Eine solche Obsession verlangte niemand von ihr, doch an die Grenzen ihrer Möglichkeiten stieß sie oft, immer öfter. Aus ihrer Liebe zur Politik mit ihren grenzenlosen Unmöglichkeiten war mit den Jahren beinahe so etwas wie Feindschaft geworden. Eine Last, die sie abwerfen könnte – nur wer sollte sie an ihrer Stelle tragen?

Nachdem sie den ganzen Nachmittag und Abend mit den Vorständen der Finanzinstitute über die Sicherung der Privatvermögen bei defizitären Bankgeschäften gestritten hatte, schaute sie in ihrer Dienstwohnung im Kanzleramt die Spätnachrichten. Der unheilige Josef, der bei seinem Abgang die Deutsche Bank als Trümmerfeld hinterlassen hatte, erklärte einem ARD-Journalisten, dass die Regierung in Not geratenen Geldinstituten mit Krediten aushelfe, sei eine Sache, die Kontrolle der Finanzmärkte durch den Staat eine andere. „Es läuft doch auch niemand langsamer, damit alle gleichzeitig über die Ziellinie kommen.“

Wenn die Kanzlerin sich ärgerte, verwandelte sie sich in eine Eisfee. Die Temperatur in ihrem Apartment sank unter die Wohlfühlmarke und man konnte eine Stecknadel fallen hören. Obwohl sie nach einem anstrengenden Tag die nächtliche Stille als wohltuend empfand, gönnte sie sich nur fünf Minuten der Besinnung und startete danach die DVD von Antonionis *La Notte*.

Mitten im Film rief ihr Mann an und fragte nach ihrem Befinden. Seit Tagen hatten sie sich nicht gesehen, nur abends telefoniert, um sich gute Nacht zu wünschen. Diesmal blieb die Kanzlerin kurz angebunden, weil ihr *notturno* bereits angefangen hätte und sie keinen Akkord des viel zu kurzen Schlafliedes verpassen wolle. Übermorgen flog sie zum Staatsbesuch nach China, um die heimische Autoindustrie zu retten. „Ich muss ihnen Oldtimer von Opel verkaufen, die sonst keiner fahren will."

„Das schaffst du schon. Die Chinesen würden dir sogar Trabis abkaufen, wenn die Luft bei ihnen nicht so stickig wäre."

„Falls ich nicht wiedergewählt werde, machen wir ein Autohaus auf."

„Einverstanden. Aber nicht für Wagen aus Rüsselsheim."

Während die Eheleute am Telefon plauderten, liefen die Bilder von *La Notte* ohne Ton, was den Filmfiguren ein starkes Fremdheitsgefühl verlieh, als wenn sie zueinander sprachen, ohne einander zu verstehen. Wie Marionetten an unsichtbaren Fäden tanzten sie umeinander herum, gierten nach Liebe und konnten sie nicht finden, weil sie sich selbst verloren hatten.

Die Kanzlerin wollte nicht weitersprechen. Sie musste

ihre Stimme schonen für die Chinesen, die nur klare, deutliche Worte verstehen, und beendete das Telefonat. „Schatz, ich denke jeden Tag an dich im Land des Lächelns." Sie stellte den Ton des Films wieder lauter und schaute ihn zu Ende an. Danach fand sie keinen Schlaf, sie war zu aufgewühlt von der Darstellung der schleichenden Entfremdung des Filmpaares Jeanne Moreau und Marcello Mastroianni.

Auch ihre Ehe verlief nicht reibungslos. Zwar hatten sie und ihr Mann zu wenig Zeit zum Streiten, aber auch wenig Gelegenheit für gemeinsame Erlebnisse. Ihr Gatte versicherte stets, wenn sie ihn danach fragte, er bereue nichts, doch sie fürchtete, dass er es irgendwann würde. Wer wollte schon mit einer Frau verheiratet sein, die von Kabarettisten als sexloses, verhuschtes Quasselweib persifliert wurde? Vom Magazin *Time* war sie zur mächtigsten Frau der Welt gekürt worden, sie besaß mehr Ehrendoktortitel als Einstein, wusste aber nicht, ob ihr Ehemann ein heimliches Verhältnis hatte. Verdenken könnte sie es ihm kaum, wäre aber tief verletzt, vom Spott ihrer Wähler und Nichtwähler ganz zu schweigen. Sie musste sich wohl entscheiden: entweder die halbe Nacht Filme sehen oder bei ihrem Mann schlafen. Bevor sie sich entschieden hatte, schlief die Kanzlerin vor laufendem Fernsehgerät ein.

Zur selben Zeit saß der Journalist des *Freitag* Adrian Fromm im Biergarten Zollpackhof vis-à-vis dem Kanzleramt und fragte seine Begleiterin, was die Kanzlerin eigentlich spätabends in ihrer Dienstwohnung treibe.

„Sie schaut Filme", wusste die Regierungspraktikantin

vom Haustechniker, der die alte Videoanlage der Kanzlerwohnung gegen ein Heimkino mit Beamer ausgetauscht hatte.

„Und was für Filme guckt sich Mutti nachts an?“, fragte Fromm interessiert und dachte dabei an schmutzige Streifen.

„Hab ich mich auch gefragt“, sagte die Praktikantin schulterzuckend. „Der Techniker konnte oder wollte es nicht verraten.“

Die Nase des Journalisten juckte, was im Volksmund Geld und Erfolg versprach, im Pressejargon eine heiße Story. „Wie kann man herausfinden, was da läuft?“

„Man könnte die Putzfrauen fragen.“ Doch die Politikstudentin verwarf den Vorschlag sofort wieder, weil ihr verboten war, Informationen außerhalb ihrer Praktikumsaufgaben zu sammeln.

Fromm wechselte das Thema, orderte eine Flasche Sekt und setzte sein Überredungstalent ein, um die in der Hauptstadt recht einsame Praktikantin aus Buxtehude in seine Moabiter Bude zu locken. Was ihm nach zwei Flaschen Mumm gelang.

## - 8 -

Bevor die Kanzlerin nach China abreiste, bat sie ihre Büroleiterin, einige DVDs als Weihnachtsgeschenke für ihre Nichten und Neffen zu besorgen. Die Liste verzeichnete Spielfilme wie *Teorema*, *Die letzte Versuchung Christi*, *Im Reich der Sinne*, *Das Schweigen*, *Der Nachtportier*, *Das Gespenst*, die einst als blasphemisch, pornografisch oder beides von der Zensur verboten worden waren. Die Kinder der Schwester und des Bruders waren schließlich erwachsen, fand sie und bat darum, das DVD-Paket nicht im Büro, sondern in ihrer Amtswohnung zu hinterlegen. Die Büroleiterin reichte die Liste an die Praktikantin weiter und schickte sie ins Kulturkaufhaus Dussmann, wo es alles gab, was es sonst nirgendwo gab.

Auf die Reise nahm die Kanzlerin einen Stapel chinesischer Filme mit, die sie in der Regierungsvideothek ausgeliehen hatte. Um sich ein realistisches Bild des unwirklichen, ewig lächelnden Landes zu machen, erklärte sie ihrer Protokollchefin. Die bezweifelte, dass sie bei dem Mammutprogramm in Beijing Gelegenheit haben würde, Filme zu sehen, und wunderte sich, weil sich die Chefin dieser zeitraubenden Informationsquelle über Länder und Leute noch nie bedient hatte.

„Die Chinesen schätzen es, wenn man ihre Kultur kennt", betonte die Kanzlerin. „Und Filme aus dem Reich der Mitte kann ein Europäer gewiss leichter verstehen als die Peking-Oper."

Wo sie recht hat, hat sie recht, dachte die Teufelin und widersprach nicht. Obwohl sie es sich erlauben konnte, ihrer gelehrten Frau Doktor wenigstens verbal die Faust zu zeigen.

Am letzten Tag des Staatsbesuchs stand, wie zu erwarten, ein Abstecher zur Chinesischen Mauer auf dem Programm. Schon dreimal war die Kanzlerin dort gewesen und hatte das Kamel getätschelt, mit dem sich die Touristen fotografieren ließen. Jedes Mal stieß es einen jämmerlichen Schrei aus, als könne es nicht ertragen, Tag für Tag vor der bis zum Horizont weisenden Mauer zur Schau gestellt zu werden. Obwohl es für sich beanspruchen konnte, das mit Abstand bekannteste Kamel Chinas zu sein. Die Kanzlerin kam sich vor wie das Kamel an der Großen Mauer, weil jeder Chinese, dem sie zuwinkte, ein Erinnerungsfoto mit ihr machen wollte. Autogramme zu geben lehnte sie entschieden ab. Ihr Vorgänger hatte sich damit den Ruf eines Schauspielers eingehandelt, der die Kanzlerrolle nur spielt.

Ursprünglich hatte sie erwogen, statt der Mauer die Beijinger Filmstudios zu besuchen, den Wunsch aber nicht geäußert wegen der Fragen der Journalisten nach dem Warum dieser wirtschaftlich und politisch schwer zu begründenden Besichtigung. In ihrem Quartier im Gästehaus der chinesischen Regierung unweit der kaiserlichen Gärten zur Kultivierung der Harmonie fühlte sich die Kanzlerin von der ersten Nacht an zu erschöpft, um nach dem süß-sauren Essen mit der chinesischen Staatsführung auch nur einen Film auf DVD anzusehen. Am Ende des zweiten Tages, nachdem ihr die Ehrendoktorwürde der Beijinger Universität übereicht worden war, wofür sie sich mit einer langen Rede revanchieren musste, fielen ihr schon bei dem Gedanken an ihr Apartement die Augen zu. Am dritten Abend hatte sie mit Johanniskraut-Pillen den Jetlag halbwegs überwunden und bemerkte Entzugserscheinungen in puncto Film. Zwei Werke ihres derzeitigen Lieblingsregisseurs Michelangelo (allein der Name!) Antonioni musste sie noch sehen, *Die rote Wüste* und *Blow up*. Sie entschied sich, wegen Rot-China, für ersteren, spürte aber nach einer halben Stunde, dass die Geschichte über eine langsam verrückt werdende Frau in der tristen Industrielandschaft von Mestre sie deprimierte. Trotzdem hielt sie durch, wegen der Stimme von Monica Vitti und Sätzen wie: „Gibt es einen Ort auf der Welt, wo man glücklich sein kann?" Bevor sie zu Bett ging, schaute die Kanzlerin aus ihrem Fenster auf die Gärten zur Kultivierung der Harmonie. Dicker Nebel und ein säuerlicher Geruch von Braunkohle und Wirsingkohl erinnerten sie an die BUNA-Werke in Schkopau, wo sie als Studentin ein Praktikum absolviert hatte. Der mitteldeutsche Chemiebezirk zwischen Bitterfeld und Leuna schien ihr der traurigste Ort der Welt, wo die Menschen so aschfahl und ausgezehrt aussahen wie die Landschaft. Dass es unweit von Venedig genauso trostlos war wie in Buna oder Beijing, erfuhr sie erst aus dem Film von Antonioni, und sie begriff, wie wenig sie, die glaubte, als Politikerin die halbe Welt gesehen zu haben, tatsächlich von ihr wusste.

Sie müsste eine Auszeit von vier Jahren nehmen, um sich anzueignen, was jeder Filmerfahrene im Gedächtnis bewahrt.

Und zwar dauerhaft, weil er das Erlebte gefühlsmäßig erfasst und nicht als rationierte Meldung aus der Zeitung oder den TV-Nachrichten erfährt. Hat schon jemand einen Zeitungsleser sagen hören, er hätte etwas fürs Leben gelernt, oder einen Fernsehzuschauer, ihm sei ein Licht aufgegangen?

In Beijing kam die Kanzlerin sich vor wie *Die Frau im Mond* unter Marsmenschen. Nicht wegen des Parteichinesisch, das selbst die Dolmetscher kaum verstanden, aber wegen der verächtlichen Grimassen hinter dem Lächeln ihrer Verhandlungspartner. Nicht einmal in Israel, wo man ihr mit Wohlwollen begegnete, da sie Deutsche war, und mit Misstrauen, weil sie Deutsche war, fühlte sie sich so fremd wie *Frankensteins Braut.* Sobald sie Zeit hatte, wollte sie noch weitere Filme mit Boris Karloff sehen, Zum Beispiel *Targets*, in dem ein Serienkiller Zuschauer eines Autokinos erschießt, während auf der Leinwand Boris Karloff als Frankensteins Monster auftritt.

Einen einzelnen Film zu kennen war nicht der Weisheit letzter Schluss. Man lernt nichts, was man nicht schon weiß, aber das Gesehene kann den Blick schärfen für anderes. In der Summe vieler Filme erst formt sich die Fähigkeit „zu sehen" aus, schafft emotionales Wissen und stärkt das Gedächtnis für Kleinigkeiten – eine Geste, ein Blick, Worte, deren tiefe Bedeutung im realen Leben kein Echo zurückwerfen, bekannte und fremde Landschaften, die man mit dem Kompass der Fantasie durchwandern kann.

Mit diesem konfuzianischen Gedanken nahm die Kanzlerin Abschied von Beijing. Sie sehnte sich nach einem Essen ohne Glutamat und halb garem Gemüse. Opel-Erzeugnisse hatte sie nicht verkauft, nur den Grundstein für ein neues VW-Werk gelegt. Als Autohändlerin konnte sie nach dem Ende ihrer politischen Laufbahn keinen Staat machen, aber vielleicht als Kinobetreiberin oder Chefin eines Filmclubs.

# - 9 -

Am Nikolaustag, die Kanzlerin war am Morgen zu Regierungskonsultationen nach Warschau geflogen, herrschte Tumult in der „Waschmaschine“, wie die Berliner den Regierungssitz wegen seiner schlichten Fassade nennen. In der Poststelle ging ein verdächtiges Päckchen ein mit der Aufschrift *Für die Kanzlerin, persönlich.* Absender: ein gewisser Jens-Peter Bock aus Gransee. Weil eine Person ähnlichen Namens als ehemaliger RAF-Terrorist bekannt war, rückte ein Spezialkommando des Staatsschutzes an und sprengte das Päckchen in einem Container. Das vermeintliche Gefahrengut stellte sich als handelsübliche DVDs heraus, deren Inhalt nur noch teilweise verifiziert werden konnte. Nach ihrer Rückkehr aus Polen wollte die Kanzlerin nicht Stellung nehmen zu dem peinlichen Vorfall. Ihr Regierungssprecher erklärte, es handle sich um die Tat eines offenbar geistig Verwirrten, der die Bundeskanzlerin zum Nikolaus mit DEFA-Märchenfilmen beschenken wollte. Derartige zumeist harmlose Postsendungen kämen im Kanzleramt des Öfteren an und würden stets von aufmerksamen Sicherheitsbeamten abgefangen.

Als der Presserummel nach drei Tagen vorbei war, erwirkte die Kanzlerin die Freilassung ihres Schulfreundes aus der U-Haft und verhinderte ein juristisches Verfahren. Dafür musste sie einem Untersuchungsrichter einige peinliche Fragen beantworten: In welcher Beziehung sie zu dem Mann stünde, weshalb er ihr Filme ins Kanzleramt schicke und welchen Inhalt sie hätten. Sie tat es mit entwaffnender

Offenheit, ohne ihr Geheimnis preiszugeben. Der Fall wurde zu den Akten gelegt. Nicht aber von einigen Journalisten, die zu gern gewusst hätten, was der tatsächliche Inhalt der Geschenksendung war.

Nach einem langen Arbeitstag, an dem die Kanzlerin den algerischen Staatspräsidenten, eine Delegation grönländischer Ökobauern, die Vorstände der deutschen Rentenkassen, den Sekretär des Jüdischen Weltkongresses und eine Journalistin, die an einem Buch über den Alltag der Kanzlerin schrieb, zu teilweise mehrstündigen Gesprächen empfangen hatte, fiel ihr auf die Frage ihres Gatten, was sie sich zu Weihnachten wünsche, spontan nur *Reclams Filmführer* ein. Im Gegenzug würde sie ihm statt der üblichen Krawatte und dem Pyjama ein Jahresabo fürs Zeughauskino schenken, der Spielstätte der Deutschen Kinemathek im Marstall, gleich neben ihrem Wohnhaus.

„Wozu? In deinem Bücherschrank steht doch der Toeplitz“, wunderte sich ihr Gatte.

Die Kanzlerin erinnerte sich, dass sie die fünf dicken Bände des polnischen Filmhistorikers zu ihrem zwanzigsten Geburtstag bekommen hatte, aber nicht, von wem.

Nur einmal hatte sie darin geblättert, um etwas zu dem in der DDR viel diskutierten, weil die Gefahren der Atomforschung offen aussprechenden sowjetischen Film *Neun Tage eines Jahres* von Michail Romm nachzulesen.

„Der letzte Band geht, soweit ich weiß, nur bis 1970. Seitdem ist die Geschichte des Films wie ich vierzig Jahre älter geworden, Schatz", entgegnete die Kanzlerin. Sie wollte nicht, wie jedes Jahr, ihr Lieblingsparfüm, eine Opernaufnahme von Richard Wagner, sie besaß ja schon alle, oder die jüngst erschienenen Memoiren von George W. Bush unterm Christbaum finden. Am liebsten würde sie ihrem Mann eine Liste mit Filmen auf DVD geben, die sie noch nicht kannte. Leider nahm er ihre cineastische Leidenschaft nicht ernst, solange sie hin und wieder Abende mit ihm vorm Fernseher verbrachte. Diese Zeit fehlte ihr dann fürs nächtliche Filmprogramm. Drei Stunden Schlaf brauchte selbst eine Uckermärkerin.

In den Tagen vorm Fest reiste die Kanzlerin zu einer gemeinsamen Sitzung der französischen und deutschen Regierung nach Freiburg, traf sich in Berlin mit den Staatschefs Griechenlands und Italiens, mit den Ministerpräsidenten der deutschen Bundesländer in Düsseldorf, besuchte ein Konzert der Hamburger Hip-Hop-Akademie und trat als Rednerin auf der zweitägigen Konferenz des Europäischen Rates in Brüssel auf. Danach verabschiedete sie ihre Mitarbeiter im Kanzleramt in den mehr als verdienten Weihnachtsurlaub.

Heiligabend feierte sie im Haus ihrer Eltern in Templin, nachdem sie noch rasch eine Ansprache ans deutsche Volk als Podcast aufgenommen hatte. Darin äußerte sie neben frommen Wünschen zum Fest ihren Optimismus, dass es nach einem schlechten ganzen und einem halben guten Jahr mit der Wirtschaft wieder bergauf gehen und die Arbeitslosenzahlen unter die magische Grenze von zwei Millionen fallen könnten, wenn wir uns alle mehr anstrengen, mehr in die Bildung, auch die Herzensbildung, investieren und mehr Vertrauen in Politik setzen würden ... Als die Familie der Kanzlerin, um die schleichende Zeit bis zur Bescherung schneller vergehen zu lassen, die Rede ans Volk im Internet anhörte, reagierte die achtzehnjährige Nichte betroffen. „Schöne Bescherung, Tante! Erich Honecker hätte nicht besser sagen können, dass der Kapitalismus abgewirtschaftet hat."

Der weihnachtlichen Stimmung tat das keinen Abbruch, weil in diesem Moment die Mutter der Kanzlerin wie ein Cherubim die Flügeltür des Wohnzimmers aufspreizte mit den Worten „Macht hoch die Tür, das Tor macht weit!" und jeder jeden umarmte. Nachdem sie gemeinsam „Stille Nacht, heilige Nacht" gesungen hatten, wurden endlich die Geschenke ausgepackt. Die jüngste Nichte bekam alle Filme von Tim & Struppi als DVD-Box, die ältere drei Filme ihres Lieblingsregisseurs Lars von Trier, die beiden Neffen jeweils ein Jahresabonnement fürs Multiplex-Kino. Deren Eltern, Bruder und Schwester der Kanzlerin und ihre Ehepartner, wurden mit Filmen für Erwachsene beglückt, von denen sie bisher nur gehört hatten. Als die Schwester vorschlug, nach dem Essen gemeinsam, ohne die Kinder, *Der Nachtportier* anzusehen, protestierte das Familienoberhaupt und bestand darauf, das Weihnachtskonzert der Berliner Philharmoniker im Fernsehen nicht zu verpassen. Die Kanzlerin machte gute Miene zum Spiel, ihr Gatte schlief vorm Fernseher ein. Als sie ihn anstieß, sagte er halblaut: „Ich schlafe nicht, ich denke nach."

Genau das versuchte die Kanzlerin nicht zu tun, wenn sie Filme sah. Sie wollte wachen Auges bewusst empfinden, ihre durch rationales, politisches Denken unterdrückte emotionale Intelligenz stärken. Nebenbei entspannte sie sich mit Kino, gleich welcher Art, verspürte weniger Rückenbeschwerden und war glücklich, etwas für sich allein zu haben. Das Problem war, dass Filmesehen ein Interesse am Filmemachen bei ihr weckte. Nicht das Glamourleben der Stars, der Rummel auf Festivals oder die Kassenerfolge machten sie neugierig, aber die sozialen, kulturellen, politisch-ökonomischen Umstände, die Geschichte des Kinos und seiner Macher, wovon sie bisher wenig wusste.

Über die Weihnachtsfeiertage, wenn sie nicht kochte, spazieren ging oder telefonierte, las die Kanzlerin in den fünf Bänden der *Geschichte des Films* von Jerzy Toeplitz, die seit Jahren ungenutzt in ihrem Bücherschrank standen. „Wer hat mir eigentlich das Werk geschenkt?“

„Dein werter Herr Vater. Zu deinem Abitur“, erinnerte sich ihr Mann.

„Das sieht ihm ähnlich ... Vom Saulus zum Paulus und zurück.“

# - 10 -

Eine Woche später, das neue Jahr war gerade zwei Tage alt, beendete die Kanzlerin ihr abendliches Briefing mit den engsten Beratern und begab sich in den verdienten Feierabend, als der Finanzminister sie telefonisch um eine kurze Unterredung ersuchte. Da seine Anrufe gewöhnlich länger dauerten, wimmelte sie ihn ab mit der Begründung, private Gäste zu empfangen, und vertröstete ihn auf morgen früh. Zu Hause, vis-à-vis des Pergamonmuseums, warteten indes keine Gäste, und ihr Gatte weilte auf einem Kongress im italienischen Bergamo. Eine willkommene Gelegenheit, sich ungestört dem cineastischen Vergnügen hinzugeben.

Die Kanzlerin nahm sich einen Joghurtbecher aus dem Kühlschrank, schaltete Fernseher und DVD-Player an, legte die Beine hoch und schaute sich *Belle de Jour* von Luis Buñuel an. Eine Frau ist ihrem querschnittsgelähmten Gatten treu ergeben, in ihrer Fantasie verdingt sie sich als Prostituierte. Oder ist die Fantasie Realität? Der Film war seinerzeit ein Skandal, weil er die erotischen Tagträume einer Frau auf drastische Weise in Szene setzt und den Zuschauer im Unklaren lässt, wo die Träume anfangen und die Realität aufhört. Ein faszinierend doppelbödiges Spiel des Spaniers, fand die Kanzlerin und wollte mehr von ihm sehen. Sie googelte Buñuels Filme, wählte unter drei Dutzend Titeln die vielversprechendsten aus und bestellte im Internet *Der diskrete Charme der Bourgeoisie*, *Das Gespenst der Freiheit*, *Das obskure Objekt der Begierde* und *Tagebuch einer Kammerzofe*, auf den Namen ihres Gatten.

Am nächsten Morgen rief sie wie versprochen den Finanzminister an. Sie bewunderte den Mann, der trotz körperlicher Behinderung unbeugsam und schmerzfrei den Staatshaushalt organisierte, ständig zwischen Berlin und Brüssel unterwegs war und dabei Zeit und Kraft fand, keine Theaterpremiere zu verpassen. Ihr enges Verhältnis hatte sich über die Jahre zu freundlich distanzierter Sympathie gewandelt. Doch sie brauchten einander wie Krethi und Plethi, um den wild gewordenen Stier zu bändigen, auf dem die Dame Europa ritt.

Seit der Minister vor laufenden Kameras seinen Sekretär zurechtgewiesen hatte, litt er unter erhöhter Unbeliebtheit, zudem klagte er über gesundheitliche Probleme. Deshalb wollte er sein Amt aufgeben, und zwar auf der Stelle. Die Kanzlerin, an Rücktritte ihrer Minister gewöhnt wie die Bundesliga an Trainerwechsel, zeigte Verständnis für die Entscheidung, trotzdem bat sie ihn, noch eine Weile durchzuhalten. Sie könne nicht alles allein entscheiden und habe schon genug Ärger mit den Eskapaden des Außenministers. Auf diplomatischem Parkett war der Mann eine glatte Fehlbesetzung, wie Bob Hope in dem Film *A Global Affair* von Jack Arnold. Dessen Meisterwerk *The Incredible Shrinking Man* hatte sie zu später Stunde im Fernsehen gesehen und konnte danach nicht einschlafen, weil die fantastische Geschichte von dem Mann, der immer kleiner wird, nachdem auf See eine Nebelwolke über ihn hinwegzog, ihr auf schockierende, wenn auch übertriebene Weise die Folgen radioaktiver Verstrahlung vor Augen führte. Das bestärkte sie darin, den deutschen Ausstieg aus der Atomenergie noch schneller voranzutreiben. Ihre Gleichstellungsbeauftragte sah in dem Film eher eine amüsante Parabel auf die schwindende Macht der Männer. Was die Kanzlerin eine wichtige Lektion lehrte: Wenn zehn Menschen denselben Film sehen, haben sie danach zehn verschiedene Meinungen zum Gesehenen. Also war es egal, ob man Filme mit anderen sah oder allein.

Weil der Finanzminister sich partout nicht umstimmen lassen wollte, warf die Kanzlerin ihm vor, das sinkende Schiff zu verlassen, das er als sturer Lotse mit auf die Klippen lenkte. Sie wusste Dinge über ihn, die nicht im Detail, nur im Ergebnis allgemein bekannt waren: Wie er die deutsche Wiedervereinigung als Zwangsvollstreckung betrieben, das Wort Treuhand semantisch um die Bedeutung Untreue und Handaufhalten erweitert, als Innenminister die Angst der Deutschen durch bewusst übertriebene Terrorgefahr geschürt hatte, damit sie widerspruchslos die Kontrolle des Staates über ihr Privatleben akzeptierten. Seinen despektierlichen Umgang mit Untergebenen hatte der begabte Politiker oft demonstriert und sich damit als würdiger Darsteller in Dürrenmatts *Besuch der alten Dame* empfohlen. Keine Rolle mehr auf politischer Bühne zu spielen, schien ihm eigentlich unvorstellbar. Darum machte er weiter, nachdem die Kanzlerin ihm ins Gewissen geredet hatte, musste aber noch am selben Tag wieder ins Krankenhaus. Derweil würde der Innenminister ihn in Brüssel vertreten. Dorthin fuhr der Hugenotte gern wegen der französischen Lebensart, dem guten belgischen Bier und, so vermutete die Kanzlerin, der gebildeten Damen des Boulevard Adolphe Max. Sie mochte die Stadt nicht wegen der endlosen Sitzungen im Europa-Parlament und der einladenden Schokoladenläden rund um den Brüsseler Marktplatz.

Nach dem Gespräch mit dem Finanzminister vermerkte die Kanzlerin in ihrem Notizbuch: „Wurde das Dürrenmatt-Stück verfilmt und von wem?“ Eine der Praktikantinnen im Kanzleramt steckte ihr Tage später einen Zettel zu, auf dem stand: *Der Besuch der alten Dame*, mehrfach verfilmt, am bekanntesten die Hollywood-Fassung von Bernhard Wicki mit Ingrid Bergman und Anthony Quinn aus dem Jahr 1963. Auf DVD zu beziehen zum Preis von 14,99 Euro.

„Warten wir, bis es den Film in unserer Videothek gibt“, ließ die Kanzlerin der Praktikantin ausrichten. Ihre außerparlamentarische Fortbildung in puncto Kino kostete sie nicht nur viel Zeit, auch viel Geld, das sie schon deshalb aus eigener Tasche zahlte, um die Angelegenheit nicht vorm Bundesrechnungshof erklären zu müssen und vom politischen Gegner der Steuerverschwendung bezichtigt zu werden.

Über ihr vergleichsweise bescheidenes Gehalt, gemessen am Einkommen der Wirtschaftsbosse, beklagte sich die Kanzlerin nicht. Zum Geldausgeben kam sie ohnehin kaum und war, obwohl sie bei jeder Gelegenheit die Bürgerpflicht des Konsumierens anmahnte, keine Freundin exzessiver Einkaufstouren. Ein paar Mal war sie ihrem Mann zuliebe durchs KaDeWe gebummelt, fand aber nichts, was sie unbedingt brauchte. „Du bist eine Pharisäerin, predigst Wein und trinkst Wasser", war seine Reaktion. Dass sie, würde man sie nicht sogleich erkennen, gern in jeder freien Minute in der Filmabteilung bei Dussmann herumstöbern würde, schien ihr befremdlich, wenn nicht besorgniserregend. Vielleicht sollte sie einen Psychiater konsultieren und herausfinden, weshalb sie als leidenschaftslose, nur der *ultima ratio* ihres Handelns verpflichtete Politikerin einen wahren Konsumrausch nach Filmen entwickelte. Doch hinter ihrer Zwangshandlung verbarg sich kein schwerer neurotischer Tick, vielmehr ein echtes Bedürfnis. Verglichen mit den oft ergebnislosen Fraktionssitzungen, Bundestagsdebatten, multilateralen Gipfeltreffen und Vieraugengesprächen schien ihr noch der belangloseste Film ein reines Vergnügen mit quantitativem Erkenntnisgewinn. Irgendjemand hatte irgendwo gesagt, dass selbst der schlechteste Film fünf gute Minuten hat. Dies zu beweisen wurde eine Art wissenschaftlicher Ehrgeiz der promovierten Physikerin.

Wenn sie tagsüber seelenlose, ihrer christlichen Überzeugung nicht selten widerstrebende Entscheidungen zum Wohle der Menschen dieses Landes zu treffen hatte, erwartete sie am Abend Absolution *Von etwas anderem.* Der Film von Věra Chytilová war eine Metapher des Prager Frühlings – dem Versuch eines Mittelwegs der Tschechen ins Reich der Freiheit. Weil der Versuch tragisch scheiterte und sie damals nicht gegen den Einmarsch der Russen in Prag protestiert hatte, musste sie diesen Film sehen, als späte Läuterung für ihre Jugendsünden. Das Kino schien ihr überhaupt ein besseres Evangelium für ein Amt, das zu sehr auf die Macht der Worte und nichtssagenden Fernsehbilder setzt und zu wenig auf die Überzeugungskraft der Gefühle. Die Deutschen hatten schlechte Erfahrungen damit gemacht, Filme wie *Triumph des Willens*, *Ich klage an*, *Jud Süß* als Aufforderung zum Totschlag verstanden und ihre perfide Machart nicht durchschaut. Auch die Kanzlerin zweifelte, ob die Faszination bewegter Bilder sie nicht zu sehr bewegte, das ungeteilte Mitgefühl mit Helden, Gaunern, Massenmördern, echten und falschen Propheten an ihrem Standpunkt der Willensfreiheit rüttelte. Alles verstehen und alles vergeben, weil die Umstände schuld sind oder das Schicksal, würde sie bei jedem Film vierundzwanzigmal pro Sekunde der Gefahr des Determinismus näher bringen. Schließlich waren alle Diktatoren des 20. Jahrhunderts erklärte Filmnarren. Hitler liebte UFA-Revuen; Stalin mochte Hollywoodfilme, doch am liebsten sah er sich selbst auf der Leinwand, verkörpert vom immer selben Akteur in weißer Uniform, wie er alle Probleme des Sowjetlandes löst; Mussolini amüsierte sich mit Chaplins *Großem Diktator*; Mao kannte nur *Der lange Marsch*; Honecker, als Tyrann eine Fehlbesetzung, sah gern Pornofilme. Die Kanzlerin fand trotz gewisser Neugier und künstlerischer Werke wie *La Bête*, *Stille Tage in Clichy*, *Trash* oder *Shortbus* keinen Geschmack an nackten Tatsachen.

Das Kino lehrt einen nichts und alles. Es verlangt nichts als Aufmerksamkeit und Sitzfleisch, kümmert sich aber weder um das eine noch das andere. Filme laufen auch vor leeren Sälen und turtelnden Liebespaaren, existieren in Archiven, Museen, Büchern, Souvenirläden und in den Erinnerungen der Zuschauer, die selbst dann kaum verblassen, wenn die empfindlichen Filmkopien sich allmählich auflösen. Die Kanzlerin erinnerte sich an eine Fotoausstellung des Japaners Sugimoto in der Neuen Nationalgalerie. Sie zeigte Langzeitbelichtungen von alten Kinosälen, auf denen der laufende Film als leere, weiße Fläche erscheint. Die luzide Ereignissumme von 129.600 Einzelbildern eines neunzigminütigen Films war demnach null. Wie das letzte Bild eines Sterbenden im Augenblick seines Todes. Eine entmutigende Gewissheit für jemanden, der gerade anfing, das Kino zu lieben, und danach strebte, so viele Filme wie möglich anzuschauen, nicht alle, aber wenigstens die wichtigsten. Selbst wenn sie weitere fünfzig Jahre lebte, wie viele Filme könnte sie noch sehen und was davon würde sie im Gedächtnis behalten? Und wozu, wenn am Ende doch nichts bleibt als ein weißer Fleck ohne Handlung, Geräusch, Worte wie Musik, Blicke, die alles sagen, Bilder wie Träume der Kindheit? Von solchen Gedanken durfte sie sich nicht entmutigen lassen. Zu wertvoll war die Erfahrung, etwas ganz für sich zu besitzen. Etwas, von dem weder die Öffentlichkeit noch ihre engsten Vertrauten Kenntnis haben sollten. Ein Liebe wie eine heimliche Liaison, die sie nie gehabt hatte.

# - 11 -

Inzwischen konnte die Kanzlerin Namen und Werk bedeutender Regisseur auf Abruf herbeten, als hätte sie das Amt der Bundesfilmbeauftragten inne. Aufgrund dieses Wissens versuchte sie, die bisweilen steifen Begegnungen mit Regierungschefs durch kulturellen Smalltalk aufzulockern. Meist erntete sie nur verlegenes Lächeln und betretenes Schweigen, weil ihre Gesprächspartner keinen blassen Schimmer von den cineastischen Schätzen ihres Landes hatten. Nur der Präsident Polens, als Kind ein Filmstar, kannte Wajda und Kieslowśki, zählte auch Polanski zu den heimischen Regiegrößen, obwohl dieser erst im Westen Karriere machte. Sein Amtsnachfolger lobte Romans Film *The Ghostwriter*, bei dem die Kanzlerin passen musste.

Früher hätte sie geantwortet: „Muss ich den Film sehen?“

Jetzt sagte sie: „Muss ich unbedingt sehen!“

Beim Vieraugengespräch mit dem türkischen Staatspräsidenten bedauerte sie, dass der Regisseur Yilmaz Güney wegen sozialkritischer Filme zu lebenslanger Haft verurteilt worden war. Weil außer ihm und der Kanzlerin noch zwei Dolmetscher zugegen waren, fühlte sich der Präsident öffentlich brüskiert und lief in der Farbe der türkischen Nationalflagge an.

„Zum einen war Güney Kurde, nicht Türke. Zum anderen wurde er für den Totschlag eines Richters verurteilt und nicht wegen seiner antitürkischen Gesinnung.“

„Musste man dem Gewinner der Goldenen Palme von

Cannes deshalb die Staatsbürgerschaft aberkennen?", ließ die Kanzlerin nicht locker.

„Das geschah, nachdem er aus der Haft entflohen war und von Paris aus den bewaffneten Kampf der PKK unterstützte. Mag er ein populärer Schauspieler gewesen sein und als Regisseur im Westen bejubelt, im Hauptberuf war er Staatsfeind."

Um das fragile deutsch-türkische Verhältnis nicht zu belasten, wechselte die Kanzlerin das Thema und kam auf die guten Handelsbilanzen beider Länder zu sprechen. Der Pascha aus Ankara wollte es damit nicht bewenden lassen und erinnerte daran, dass die deutsche Regierung 1983 dem Regisseur die Einreise verweigerte, weil sie Auseinandersetzungen zwischen Türken und Kurden fürchtete. Das wusste die Kanzlerin nicht und entschuldigte sich für ihre persönliche Neugier. Von Güneys *Yol – Der Weg* war sie tief beeindruckt, weil der Regisseur den Film nach exakten Anweisungen von seinem Assistenten drehen ließ, während er im Gefängnis saß.

„Aber die Goldene Palme hat nicht er mit seinem Assistenten geteilt", betonte der Staatschef, das zeige doch, was für ein begabter Schurke er war. Nach dem Gespräch bat die Kanzlerin, diesen Teil des Treffens im Verhandlungsprotokoll wegzulassen. Insgeheim amüsierte sie sich, den türkischen Präsidenten, der keinen Hehl daraus machte, was er von Frauen in der Politik hielt, auf die Palme gebracht zu haben.

Den finnischen Regierungschef fragte die Kanzlerin nach dem offiziellen Gespräch, ob Aki Kaurismäki mit seinen schwermütigen Filmen tatsächlich die Tourismusbranche seines Landes ruiniere, wie er es einmal auf der prophezeit hatte.

„Ganz im Gegenteil", lachte der finnische Staatschef. „Die Besucher kommen, um zu sehen, ob es bei uns wirklich so traurig zugeht wie in seinen Filmen, und sind positiv überrascht." Kaurismäki sei ein Unikum mit Unternehmergeist, das sich gern als armer Tropf gibt. Inzwischen gehörten ihm fast alle Kinos und Filmstudios des Landes, aber er behaupte, abgeschrieben zu sein, weil die staatliche Filmförderung ihm kein Geld mehr gebe.

„Große Talente tragen große Schuhe", verteidigte die Kanzlerin den Meister filmischer Reduktion und Lakonie, der nie eine Filmschule besucht hatte. „Kunst und Geschäft müssen sich nicht ausschließen. Film ist eine Ware und leicht verderblich, wenn sie allen munden soll."

Nach dem amüsanten Gespräch verstand der Finne, weshalb der Kanzlerin der Ruf vorauseilt, stets für Überraschungen gut zu sein. Bei der Debatte um den Rettungsfonds für europäische Länder in Zahlungsschwierigkeiten, der in Finnland wenig Zustimmung fand, zeigte sie sich von ihrer unnachgiebigen Seite. Man müsse über den Tellerrand hinausschauen und das Ganze im Blick haben, forderte sie, sonst würde Europa sang- und klanglos untergehen oder höchstens als Disneyland der Chinesen fortbestehen.

Der Staatschef Ungarns brachte das Thema Film selbst zur Sprache, um zu zeigen, dass er auf die heftige Kritik der EU an seinem Mediengesetz gelassen reagierte. „Der ungarische Film errang unter der kommunistischen Diktatur weltweites Ansehen. Warum sollte es im demokratischen Ungarn anders sein?“

Die Frage war geschickt formuliert, doch die Kanzlerin zeigte sich nicht beeindruckt und erinnerte an Béla Tarr, dessen mehrfach preisgekrönter Film *Das Turiner Pferd* nicht in ungarische Kinos kam, weil der Regisseur sich kritisch über die Regierung geäußert hatte. Stattdessen hatte ein Sprecher der Fides-Partei gefordert, das verbotene „Meisterwerk“ *Jud Süß* in Ungarn zu zeigen, weil es seiner Meinung nach unpolitisch sei und die Juden realistisch darstelle.

Obwohl sie den Film von Veit Harlan nie gesehen hatte, verurteilte die Kanzlerin ihn als antisemitisches Machwerk. „Zum Glück besitzen wir das Negativ und geben es weder für Geld noch gute Worte heraus.“

„Darf das ungarische Volk sich keine eigene Meinung bilden?“

„Wenn Sie garantieren, dass es nach der Vorführung keine jüdischen Mitbürger totschlägt, wie im Dritten Reich geschehen?“

Damit war die Sitzung beendet, bevor sie begonnen hatte. Doch die Kanzlerin, die bei Regierungsgesprächen stets zuerst das Gemeinsame betonte, um dann das Trennende nachdrücklich zur Sprache zu bringen, sah es als ihre Pflicht an, den ungarischen Staatschef daran zu erinnern, dass ein Mitgliedsland der Europäischen Union das Recht auf freie Meinung als hohes Gut der Freiheit zu wahren habe. Der Politiker von der schönen Donau fand das reichlich blauäugig.

„Meinungsfreiheit, Verunglimpfung und Verrat sprechen

dieselbe Sprache. Deshalb schützen auch westliche Demokratien ihre Nationalsymbole und ahnden den Verrat von Staatsgeheimnissen."

„Staatsgeheimnisse stehen heutzutage im Internet. Es geht um Pressefreiheit und demokratische Freizügigkeit."

„Laut Verfassung steht jedem Ungarn das Recht auf eigene Meinung zu, unabhängig von Verstand und Sliwowitz-Konsum. Bei Ihnen werden kluge Köpfe wie der frühere Berliner Finanzsenator wegen ihrer Sorge um die nationale Identität als Rassisten gegeißelt."

Die Kanzlerin verlor den Boden unter den Füßen. Der Stuhl, auf dem sie saß, trieb von der Budaer Seite über die Donau und spülte sie in Pest ans Ufer des Ifjúsági-Parks. Dort hatte sie als freie deutsche Jugendliche ein Konzert der Rockbands *Omega*, *Karthágo*, *LGT* erlebt, dass ihr Hören und Sehen verging. Schon damals hegte sie den Verdacht, die Ungarn lieben lautstarke Töne, um sich zu betäuben oder auf sich aufmerksam zu machen.

„Der Sarrazin ist ein miserabler Autor mit kruden Ansichten", nahm sich die Kanzlerin ihr Recht auf freie Meinungsäußerung. „Sein Name klingt nicht unbedingt deutsch, eher ungarisch."

Nun war der frühere Vorsitzende des kommunistischen Jugendverbandes, der jetzt für Tugenden wie Gottesfurcht, Vaterlandsliebe und Nationalstolz stand, in seinem Element. „Wir sind ein kleines Volk, das seit Jahrhunderten bedroht und missverstanden wird. Noch immer verwechselt man uns Magyaren mit den Hunnen, weil die türkischen Eroberer uns

Onoguren – der zehnte Stamm – nannten. Daraus wurde im Lateinischen *hungarus*."

„Seit neuestem heißt Ihr Land nicht mehr *Magyar Köztársaság*, Republik Ungarn, sondern *Magyarország* – Männerland", wunderte sich die Kanzlerin. „Zählen Frauen bei Ihnen zu den Artfremden, wie Zigeuner und Juden?"

„Das Kompositum aus *magy* und *eri* bedeutet ebenso Mensch und Geschlecht", parierte der erste Mann Ungarns. „Darum sind wir nicht nur gute Europäer, sogar die ersten, die einen Vielvölkerstaat hatten ..."

Die Kanzlerin sah auf die Uhr und entschuldigte sich wegen eines dringenden Termins. Sie habe eine Verabredung im Café Gerbeaud mit István Szabó, der für seinen Film *Mephisto* den einzigen Oscar für Ungarn holte.

Auf dem nächsten Europa-Gipfel sagte die Kanzlerin: „Wir werden alles tun, um Ungarn auf den richtigen Weg zu bringen, aber nicht gleich die Kavallerie schicken." Das bezog sich auf die Drohung des SPD-Kanzlerkandidaten, mit der Kavallerie in der Schweiz einzureiten, falls man dort weiter auf dem Bankgeheimnis beharre. Die Reaktion aus Budapest fiel weniger ironisch aus. „Die Deutschen haben schon einmal eine Kavallerie zu uns geschickt, und zwar in Form von Panzern." Schon damals sei es keine gute Idee gewesen und habe nicht funktioniert.

Der unziemliche Vergleich brachte den deutschen Außenminister an den Rand des Nervenzusammenbruchs. Die Chefin musste ihn zur Erholung ins Hotel Les Bains am Lido schicken. Dass sie zuvor Viscontis *Tod in Venedig* gesehen hatte, erwähnte sie aus Pietätsgründen nicht, bat aber den Minister, ihr das Programm der Filmfestspiele mitzubringen.

Die portugiesische Außenministerin hatte vier Semester Film in Paris studiert und war stolz, dass der älteste noch aktive Regisseur der Welt, Manoel de Oliveira, ein Lissaboner ist. Geradezu euphorisch, für eine Portugiesin eher untypisch, besang sie Oliveiras *Belle toujours*, die unverschämte Fortsetzung von Buñuels schamloser *Belle de jour*. Ob man den Film in Berlin sehen könne, wollte die Kanzlerin wissen. Die Ministerin fragte ihren Kulturattaché, der fragte in der Botschaftsbibliothek nach, und tatsächlich gab es eine 35mm-Kopie. So beschlossen die beiden Frauen, am Abend den Film anzusehen, ganz allein, ohne Dolmetscher und Ehemänner. Sie amüsierten sich – *mais o menos* – bei dem erotischen Meisterwerk des Hundertjährigen, und schwärmten gemeinsam für Michel Piccoli, der einfach nie älter wurde, zumindest im Film. Was sie empörend und ungerecht fanden, da sie als kameraerprobte Politikerinnen trotz Faltencreme und Schminke so alt aussahen, wie sie waren.

Die Portugiesin lud die Deutsche nach Lissabon ein, wo es noch prächtige Kinopaläste im Art-Déco-Stil gab, auch wenn dort keine Filme mehr liefen, weil ihre Landsleute fernsehsüchtig waren. Doch die Stadt am Tejo sei eine zeitlose Filmkulisse, in der viele berühmte Streifen spielen, wie *Geraubte Küsse* von Francois Truffaut, *Lisbon Story* von Wim Wenders und *Die Nacht von Lissabon* nach dem Roman von Erich Maria Remarque, eine deutsche Fernsehproduktion, die leider in Portugal nie gezeigt wurde. Die Kanzlerin versprach, ihr den Film zu schicken.

Eine Woche später setzte die deutsche Kanzlerin sich in Brüssel für einen Milliardenkredit der EZB an Portugal ein, damit dem Land nicht erneut die Zahlungsunfähigkeit drohte. Die Presse rätselte, wie der „lusitanische Popanz" als Sitzenbleiber der Geschichte es geschafft hatte, die Eiserne Kanzlerin zu mobilisieren, nachdem sie zuvor gar ein Ausscheiden Portugals aus der Europäischen Union für möglich gehalten hatte.

- 12 -

Adrian Fromm jubelte. Über seine Quelle im Kanzleramt, die Zugang zum Servicepersonal hatte, erfuhr er, dass in der Dienstwohnung der Hausherrin ein Paket der Lissaboner Kinemathek stand, dazu ein Karton Weißwein der Marke Dom Pires mit einem Gruß der portugiesischen Außenministerin.

Der Journalist googelte, dass die Ministerin Schirmherrin des Films ihres Landes war. Für eine Enthüllungsstory über die Kanzlerin reichte das kaum. Die Geschichte stand und fiel mit dem Filmvorführer aus Gransee, ein Intimfreund der Templiner Pfarrerstochter. Adrian Fromm rieb sich die Hände. Wenn er Muttis außereheliche Affäre aufdeckte, wäre das für die politikverdrossenen Deutschen sicher keine Staatsaffäre, höchstens ein Stammtischthema, aber von Boston bis Bombay gäbe es ein mediales Erdbeben. Dann wäre er zu gut für den *Freitag* und reif für den *Spiegel*.

Schon am Vormittag saß Jens-Peter Bock in seinem Kellerkino und besoff sich bei der *Legende vom heiligen Trinker* von Ermanno Olmi. Wie der Mann auf der Leinwand war auch der Zuschauer am Ende. Seit er keine Filme für Kinder mehr vorführte, verließ er das Haus nur, um Wodka für sich und Futter für seine Hunde zu kaufen. Er lebte von 365 Euro im Monat, verkaufte bei ebay seine DVD-Sammlung und Teile seiner alten DDR-Vorführtechnik, für die es noch Interessenten gab.

Es klingelte und der Postbote brachte ein Einschreiben der Bundesregierung. Die Kanzlerin hatte ihrem Schulfreund einen Teilzeitjob als Vorführer bei den Berliner Filmfestspielen vermittelt. Er solle sich sogleich persönlich vorstellen und einen möglichst guten Eindruck machen. Bock rasierte sich, zog seinen besten und einzigen Anzug an, suchte in seinem Durcheinander verzweifelt den Berufsausweis und schloss die Hunde ein. Weil es regnete, wollte er mit seinem alten VW-Käfer in die Hauptstadt fahren, doch der Vergaser sprang nicht an. Also wartete er am Bahnhof auf den Regionalzug, der wegen eines Streiks der Lokführer ausfiel. „Ausgerechnet jetzt, wo mein Leben auf dem Abstellgleis wieder ins Rollen kommt“, fluchte er.

Als Retter in der Not erschien Adrian Fromm im Mini-Cooper vorm Granseer Bahnhofsgebäude, das aussah wie die Kulisse eines Kriegsfilms, und bot ihm eine Mitfahrgelegenheit nach Berlin an. „Woher wissen Sie, wohin ich fahren will“, fragte Bock apathisch.

„Wohin sonst? Von hier will man doch nur weg und am besten nach Berlin!“

Viel zu schnell fuhren sie durch Oranienburg, wurden zweimal geblitzt und flogen bei Hennigsdorf fast aus der Kurve. Bock fürchtete, dieser Tag, der sein Leben ändern sollte, würde sein letzter sein. „Wer hat Sie zu mir geschickt ... die Regierende?“

„Warum so förmlich?“, fragte Fromm. „Kennen Sie die Bundeskanzlerin nicht seit dem Kindergarten?“

„Ja, fast. Trotzdem duzen wir uns nicht, oder nicht mehr.“

„Aber ihr schaut zusammen *adult movies*?“ Der Journalist grinste schmutzig.

Aus Angst, sich bei Tempo 200 auf die Zunge zu beißen, kniff der Vorführer die Lippen zusammen und schwieg.

„Verstehe, *top secret.* Staatsgeheimnis!“

Bock nickte, ohne die Sache zu kommentieren. Er dachte an die Kosten für den Zahnersatz, falls sie aus der Kurve flogen und der Airbag ihm ins Gesicht sprang. Fromm bot ihm eine hübsche Summe, damit er den Mund aufmachte. Doch weder für Geld noch gute Worte war Jens-Peter zum Reden zu bewegen.

„Schon mal den Klassiker *Schweigen ist Gold* von René Clair gesehen? Kann ich nur empfehlen.“

„Und ich *Ein unmoralisches Angebot* mit Demi Moore“, hielt Fromm dagegen. „Die Kanzlerin ist nicht Aschenputtel und ich bin kein Prinz aus Templin.“

Den Satz merkte sich der Journalist, als Aufmacher für seine Enthüllungsstory. Die Sache war seine Chance! Als er Bock endlich am Potsdamer Platz absetzte, lud er ihn für später zum Essen ins Weinhaus Huth ein.

Zunächst aber musste Bock noch einen guten Eindruck beim technischen Leiter der Berlinale machen. Er gab sich Mühe und wurde auf Zeit angestellt. Zum Essen im Weinhaus ging er nicht. Erstens war er Biertrinker, und zweitens wollte er sich lieber den Arbeitsplatz seiner Schulfreundin ansehen.

Da er nicht angemeldet war, mischte er sich unbemerkt unter eine Besuchergruppe italienischer Verkehrsplaner, die das Kanzleramt für einen Bahnhof ohne Gleise hielten. Als er sich von der Gruppe entfernte, um eine Zigarette zu rauchen, eilten sofort zwei Sicherheitsbeamte herbei und führten ihn zur Feststellung seiner Personalien ab. Obwohl er Jens hieß und nicht Hans, hatte er mehr Glück als Verstand. Just in diesem Moment kam die Kanzlerin mit ihrem Pressesprecher aus der Kantine, nahm den Festgenommen beim Arm und führte ihn in die Chefetage ab. Dort zog sie sich zur Verwirrung der Vorzimmerdamen mit dem Gast in ihr Büro zurück, bat um eine halbe Stunde Ungestörtsein und darum, den Besuch im Tagesprotokoll nicht zu erwähnen.

Bock dankte der Kanzlerin, dass sie ihn einmal mehr vorm Schlimmsten bewahrt hatte. Sie entschuldigte sich ihrerseits für den Ärger mit dem Staatsschutz wegen des DVD-Pakets. In Zukunft solle er alle Filme für sie beim Pförtner in Schloss Meseberg hinterlegen. Einfach hier hereinzuspazieren sei streng verboten, wie das Rauchen im Kanzleramt.

„Ich möchte nicht, dass mein Hobby morgen in der Zeitung steht“, beschwor ihn die Kanzlerin noch, bevor sie ein Dienstgespräch entgegennahm.

„Ich wollte mich nur für den Job bedanken“, murmelte Jens-Peter.

Gerade als sie mit dem portugiesischen Weißwein anstoßen wollten, trat die Protokollchefin ins Zimmer und drängte zum Termin mit der Ministerin für Arbeit und Soziales. Sie habe nur eine Viertelstunde Zeit für zehn Problempunkte.

„Ich kann die Frau nicht warten lassen“, erklärte die Kanzlerin ihrem Gast. „Sie versucht, mich mit ihrem Diensteifer mürbe zu machen ... weil sie meine Nachfolgerin werden will.“

Bock fand, dass man Reisende ruhig aufhalten soll, sie kämen noch früh genug ans Ziel. Er gönnte sich einen Schluck Dom Pires und genoss die Aussicht auf den Tiergarten, derweil die Kanzlerin ihre Notizen zur Arbeits- und Sozialpolitik überflog, die sie letzte Nacht während des Films *Die Schmutzigen, die Hässlichen und die Gemeinen* von Ettore Scola zu Papier gebracht hatte.

„Sei ein braver Junge und trink nicht so viel", ermahnte sie Bock. „Und ruf mich nicht an, alle Gespräche auf meinem Diensttelefon werden automatisch gespeichert."

„Na und? Eure Stasi weiß doch, dass ich nicht von der RAF bin."

„Es geht nicht nur um dich", reagierte die Kanzlerin leicht ungehalten. „Wenn ich nicht wiedergewählt werde, können wir gern mal zusammen im Tiergarten spazieren gehen. Bis dahin kennen wir uns nur vom Hörensagen."

„Ich geb dir ... Ihnen meine Stimme. Obwohl ich nie wählen gehe."

„Solltest du aber. Es ist dein Recht, mitzubestimmen, wer regiert."

Jens-Peter lachte. „Wenn Wahlen etwas ändern würden, müsste die Regierung sie verbieten."

Die Kanzlerin merkte sich den Satz. Nicht weil er ihr gefiel, aber für den Fall, dass sie zwischen Liberalen, Grünen und Sozis als Koalitionspartner wählen musste.

Als er leicht schwankend das Kanzlerinbüro verließ und ein Wachmann ihn hinausbegleitete, dachte Bock darüber nach, ob es gut war, das Geheimnis der mächtigsten Frau

Deutschlands zu kennen. Einerseits schmeichelte es ihm, eine Art Ratgeber für sie zu sein, andererseits kam er sich vor wie Hans im Glück, der eine goldene Gans gegen wertlose Dinge tauscht. Nichts wie Ärger brachte ihm das Wiedersehen mit seiner Schulfreundin ein: Der Staatschutz hatte ihn im Visier; sein ruhiger Job als Vorführer im Kindergarten war weg, dafür verlangte man von ihm Nachhilfestunden im Codeknacken, weil Berlinale-Filme nur noch von verschlüsselten digitalen Festplatten gezeigt wurden, und über den unbezahlten Beraterdienst für die Kanzlerin durfte er nicht mal reden. Aber der Granseer war von Haus aus ein zuversichtlicher Mensch. „Der Optimist meint, schlimmer kann es nicht kommen. Der Pessimist sagt: Doch!“

Auch die Kanzlerin machte sich ihre Gedanken, während man sie mit Blaulicht in die Parteizentrale kutschierte. Würde Jens-Peter ein braver Junge sein oder der böse Wolf, der sie den Jägern des Blätterwaldes zum Fraß vorwarf? Einem Trinker blind zu vertrauen war etwa so, wie von der SPD zu erwarten, nicht umzufallen und nach Wahlen zu ihrem Wort zu stehen. Ihre Privatsphäre aus der Politik herauszuhalten, war der Kanzlerin bisher auch deshalb gelungen, weil es nicht der Rede wert war.

Irgendwie beneidete sie den Schulfreund. Er war glücklich, solange er genug Filme und Fusel im Haus hatte, und zufrieden, wenn man ihn als Animateur für Kindergeburtstage brauchte. Glück und Zufriedenheit waren zwei Dinge, die in ihrem realen Lebensfilm nur selten als Traumpaar auftraten und seit ihrer Kanzlerschaft miteinander streitende

Nebenrollen einnahmen. Zwar fand sie im Genuss von Kinogeschichten die Ablenkung, die ihr praktischer Verstand brauchte, um nicht zu verzweifeln. Filme, ob gut oder schlecht, amüsant oder ergreifend, lehrten sie, die Dinge des Lebens aus verschiedenen Perspektiven zu sehen, aber bisweilen erzeugten sie ein verstörendes Gefühl der Unruhe und ließen sie, die seit der Finanzkrise ohnehin nachts kaum noch zur Ruhe kam, nachher nicht einschlafen. Der düstere Streifen *Paris bei Nacht* des britischen Dramatikers David Hare beschäftigte sie noch tagelang. Darin geht es um eine EU-Parlamentarierin, die von einem Mann verfolgt wird, dem sie in der Vergangenheit etwas schuldig blieb. Als sie ihm zufällig in Paris begegnet, verliert sie die Beherrschung und stößt ihn nachts in der Seine. Ihr Ehemann, ein notorischer Versager und Trinker, erfährt von ihrer Affäre mit einem jungen Franzosen und erschießt sie aus Eifersucht. Erhielt seine Frau, die als Politikerin nicht nur sprichwörtlich über Leichen ging, die gerechte Strafe? Obwohl die Schauspielerin Charlotte Rampling ihr kaum ähnlich sah, wollte die Kanzlerin von ihrem Mann wissen, ob er sie für eine eiskalte Karrieristin hielt.

„Schatz, du stellst Fragen“, wunderte sich ihr Lebensgefährte und stellte den Fernseher leise.

„Bin ich etwa so, wie man mich in den Medien gern darstellt – unbarmherzig, unnachgiebig und unfähig zu trauern?“

„Du weißt doch, Journalisten lieben Unwörter mehr als Fürwörter. Dein Amt verlangt nun mal, Gefühle hinter den Verstand zu stellen. Weil du eine Frau bist, nimmt man dir übel, dass du deinen Mann stehst.“

„Was für ein blödes Sprachbild! Ich stehe mir doch nicht für dich die Hacken krumm im Bundestag, sondern für alle, die mich gewählt haben."

„Und jene, die dich nicht gewählt haben." Ihr Mann stellte den Fernsehton lauter, während die Kanzlerin in der Küche das Abendessen anrichtete. „Liebes! Sei so gut und stell schon mal die Flasche Chardonnay kalt."

„Gibt es denn was zu feiern?"

„Ich möchte später mit dir *Die unerträgliche Leichtigkeit des Seins* ansehen."

„Ich glaub, den hab ich nicht in meiner Sammlung."

„Läuft im ZDF-Nachtprogramm. Ist sicher ein Film für Fortgeschrittene."

„Du meinst, weil sie vorher nur Filme für Anfänger zeigen?"

„*Nomen est omen.* Schon der Titel ist nur was für Akademiker. Also für uns."

## - 13 -

Nach der Premiere von *Rheingold*, das der Kapitalismushasser Frank Castorf für die Bayreuther Festspiele als texanisches Ölgemälde in Szene gesetzt hatte, wofür er überschwänglich ausgebuht wurde, lief die Kanzlerin ihrem ehemaligen Finanzberater in die Arme. Er sah mitgenommen aus. Nicht von der Premiere, die der Opernliebhaber musikalisch gelungen und inszenatorisch annehmbar fand, sondern wegen des Selbstmords seines Finanzchefs, den man ihm als Präsident der Zurich Insurance Group anlastete.

„Als Oberst der Schweizer Armee werde ich auch weiter meinem Land dienen. In dem Film *Die Schweizermacher* heißt es: Wenn Wilhelm Tell heute leben würde, wen würde er erschießen?"

Die Kanzlerin horchte auf. Nie hätte sie gedacht, dass der passionierte Operngänger die niedere Kunst des Kinos schätzte. Gleich war der Mann, der sie als Berater mehrfach hinters Licht geführt hatte, ihr wieder sympathisch.

„Fällt das eidgenössische Kino denn auch unters Bankgeheimnis, weil man so wenig von ihm hört und sieht?"

Das Gesicht des Schweizer Dividendenmachers glänzte wie ein polierter Granatapfel. Filmwirtschaftlich gesehen wäre seine Heimat noch immer ein Entwicklungsland, entgegnete er, doch auf Filmfestivals räumten Schweizer Cineasten regelmäßig Preise ab, errangen sogar Oscars.

„Welche davon sollte man beziehungsweise frau unbedingt gesehen haben?", wollte die Kanzlerin wissen.

„Filmtitel merke ich mir schlechter als Finanztitel", gestand der ehemalige Bankchef. Aber an die Namen der Regisseure, die in den siebziger Jahren ein kleines Schweizer Filmwunder kreiert hatten, erinnerte er sich gut: Alain Tanner, Claude Goretta, Fredi M. Murer, Daniel Schmid, Xavier Koller, Kurt Gloor, Rolf Lyssy, Markus Imhoof, Michel Soutter und natürlich Jean-Luc Godard, der als Franzose gilt, obwohl er in der Schweiz aufwuchs und seine ersten filmischen Gehversuche dort machte.

„Jean-Luc ist der Spross einer Bankiersfamilie aus der Romandie, deshalb dreht er antikapitalistische Filme", schmunzelte der Banker.

Die Kanzlerin hörte aufmerksam zu. Sie hegte keinen Zweifel an seiner Aufrichtigkeit, seit er nicht mehr ihr Finanzberater war.

„Die Filme von Godard interessieren mich. Ist er denn noch im Filmgeschäft?"

Der Schweizer griff zu seinem Telefon und wählte eine Nummer. „Sie können ihn selbst fragen, er ist mein Nachbar in Rolles am Genfer See ... Leider nicht erreichbar." Die Kanzlerin war erleichtert. Was hätte sie dem Regisseur auch sagen sollen mit ihrem nicht vorhandenen Französisch. Vor kurzem kannte sie Godard-Filme noch nicht mal vom Hörensagen, hätte *Alphaville* für eine französische Automarke gehalten, *Numéro Deux* für ein Parfüm und *Le Mépris* für eine Süßspeise.

Der taktvolle Notenbanker bemerkte ihre Verlegenheit und erzählte, dass die Leute in Rolles den berühmten Cineasten für einen Dorftrottel hielten, weil er ungepflegt herumlief und mit sich selbst sprach.

„Ich habe den Bürgermeister gefragt, ob man im längst geschlossenen Dorfkino nicht das Gesamtwerk von Godard *en suite* zeigen könne, um filmbegeisterte Touristen anzulocken. Wer will schon die Filme von unserem Jean-Luc sehen, erwiderte der. Ich könne ja das Kino kaufen, wenn ich so dran hinge, aber Geld ließe sich damit nur verdienen, wenn man es abreißt und ein Multiplex-Kino hinsetzt. Er wollte *mir* das Prinzip der Gewinnmaximierung erklären!"

Hätte er bloß zugehört, dachte die Kanzlerin, die Deutsche Bank bräuchte sich heute nicht Geld vom Staat zu leihen, um ihre Schulden zu begleichen. „Zwei Dinge wollte ich noch von Ihnen wissen ..."

„*Zwei oder drei Dinge, die ich von ihr weiß* heißt ein Film von Godard", sagte der Banker. „Ein super Film über eine super Frau, mit geflüstertem Kommentar und polymorphen Bildern wie von Robert Rauschenberg ... Jean-Lucs bester Film von seinen zwei, drei besten Filmen."

„Werde ich mir ansehen, wenn die Finanzkrise vorbei ist", sagte die Kanzlerin.

Wenn sie bis dahin nicht gestorben ist, dachte der Betriebswirt. Er wusste, die Krise würde diesmal länger dauern als die Filme von Edgar Reitz.

„*Le cinéma n'est pas la réalité et la réalité n'est pas le cinéma*, sagte Alain Tanner, der Regisseur von *Die Mitte der Welt.* Hier ist die Furcht vor Inflation und Deflation vor allem virtuelles Kopfkino ..."

„Finden Sie!", fuhr die Kanzlerin ihm in die Parade. „Und was ist die Furcht an den Rändern der Welt?"

„Eine Endlosschleife der brutalen Realität. Aber Not und Hoffnungslosigkeit besiegen die Furcht, wovor wir in der Mitte allen Grund zum Fürchten haben."

„Sind wir nicht fähig, das zu ändern?", fragte die Kanzlerin den dialektischen Banker, aber auch sich selbst.

„Die Welt verändern heißt, dass die Welt uns verändert. Wollen wir das?"

„Kaufen Sie das Kino in Rolles und zeigen Sie die Filme von Godard", riet ihm die Kanzlerin. „Das wäre zumindest ein Anfang."

Er versprach, darüber nachzudenken. Mit fünfundsechzig Jahren von der Finanzwelt abgeschrieben, könnte er sich das Nullsummenspiel eines Dorfkinos leisten. Und sei es nur, um zu beweisen, dass in ihm ein Künstler steckte.

In den folgenden Wochen widmete sich die Kanzlerin ganz und gar den realen Problemen der Welt. Obwohl sie ahnte, dass es dem staatlich geförderten europäischen Kino den Garaus machen würde, war sie für ein Freihandelsabkommen der neuen Welt mit der alten. Dabei fühlte sie sich wie der Verräter in *Il Conformista* von Bernardo Bertolucci, der seine Geliebte um der Staatsräson willen opfert.

Opposition, Presse und jener Teil des Volkes, der seine Meinung telefonisch in nicht repräsentativen Umfragen kundtat, um sich das Gefühl des Mitregierens zu geben, waren empört darüber, dass die Kanzlerin ein Abkommen mit den Amerikanern aushandelte, vor dem zuerst die deutsche Subventionskultur in die Knie gehen würde, dann das mittelständische Gewerbe, zuletzt das ohnehin kranke Gesundheitssystem. Die Kanzlerin verteidigte den atlantischen Handel ohne Zollschranken auch ohne Rückendeckung des für alles Freie und Eigennützige zuständigen Koalitionspartners. Der Außenminister stand wegen interner Parteiquerelen unter Druck und ging auf Reisen; der Finanzminister meldete sich krank, die Ministerin für Bildung und Forschung, ihre einzige Freundin im Kabinett, hatte wegen angeblicher Schummelei in ihrer Doktorarbeit zurücktreten müssen.

Die Kanzlerin war müde, aber nicht müde genug, um nachts, wenn ihr Mann längst schlief, noch ein, zwei Filme anzusehen. Mitten in Stanley Kubricks *Dr. Seltsam oder wie ich lernte, die Bombe zu lieben,* an der Stelle, wo Peter Sellers sagt: „Mein Führer, I can volk!“, betrat ihr Gatte das Wohnzimmer. Er war entsetzt, dass sie einen Film aus Zeiten des Kalten Krieges schaute, wo doch die heiße Phase des Bundestagswahlkampfs immer näher rückte.

„Mit wem willst du koalieren, wenn die Fünf-Prozent-Partei noch weiter absteigt?“

Auch die Kanzlerin rechnete nicht mehr mit den Blau-Gelben. Eine schwarz-rote Koalition wolle sie so wenig wie die schwarz-rot-grüne. Schwarz-grün wäre eine echte Herausforderung. Doch darauf hoffte man wohl vergebens. Deshalb ging die Kanzlerin an diesem Abend früher als sonst zu Bett.

## - 14 -

Am Morgen fühlte sie sich alt und krank. Seit der Wahl zur Staatsoberhäuptin hatte sie sich keinen einzigen Tag arbeitsunfähig gemeldet, funktionierte auch bei zyklischen weiblichen Unpässlichkeiten wie ein Uhrwerk, weshalb man sie hinter vorgehaltener Hand für geschlechtslos hielt. Zum ersten Mal musste sie nun mit akuten Beschwerden zum Arzt. Der attestierte eine schwache Angina und einen starken Erschöpfungszustand. Er schrieb sie eine Woche krank.

Im Kanzleramt herrschte Panik über die Ankündigung der Chefin, sieben Tage zu ruhen. Gerade jetzt, wo der Wahlkampf auf Hochtouren lief und die SPD trotz ihres Spitzenkandidaten, der alles tat, um nicht Kanzler zu werden, an Stimmen zulegte. Zwar nur minimal, aber maximal selbstherrlich. Tatsächlich war sie nicht so krank, wie der Arzt behauptete. Doch eine Woche im Bett liegen und täglich fünf oder sechs Filme ansehen – welch ein Vergnügen! Sie ließ sich nach Schloss Meseberg fahren und fragte, ob ein Paket für sie abgegeben worden sei. Der Portier händigte ihr einen Karton mit DVDs aus und versicherte, er beinhalte keine gefährlichen Substanzen.

„Haben Sie die Filme angeschaut?", wollte die Sekretärin wissen. „Es könnten Szenen enthalten sein, die das sittliche Empfinden verletzen."

Der Portier lief rot an und rief den Sicherheitsdienst, um die Sache überprüfen zu lassen. Die Kanzlerin hielt ihn zurück mit den Worten: „Mein sittliches Empfinden ist meine Privatsache."

Während der Rekonvaleszenz erledigte sie morgens dringende Korrespondenzen, die ihre Sekretärin als verschlüsselte Mails versendete. Dann ging sie eine halbe Stunde im Park spazieren, anschließend fuhr sie fünf Kilometer auf dem Rad im Fitnessraum. Danach wollte sie nicht gestört werden, um zwei Filme im Doppelpack zu schauen, bevor der Arzt aus Gransee eintraf. Am späten Nachmittag erledigte sie dringende Telefonate. Dazu rief sie im Lagezentrum der Bundesregierung an, wo die Inlandsverbindungen von Technikern der Bundeswehr sofort hergestellt wurden, Kontakte mit ausländischen Staatschefs in der Regel binnen dreißig Minuten. Im vierten Stock des Kanzleramts benutzte sie für derartige Anrufe das „rote Telefon", das in Wahrheit schwarz war, und sah ihre Gesprächspartner auf zwei riesigen Flachbildschirmen. Bis zu neunundzwanzig Teilnehmer konnten für eine Videokonferenz weltweit vernetzt werden – was manchmal ein ziemliches Chaos war, wenn Inteferenzen den Ton verschluckten, während das Bild weiterlief, oder umgekehrt, und die Teilnehmer durcheinanderriefen: „Can you hear me? Can you see me?" Dann dauerte die Verabredung zu konzertantem Handeln schon mal länger als eine Orchesterprobe von Karajan.

Für wichtige Telefonate benutzte die Kanzlerin ihr privates Mobiltelefon, auf dem Diensthandy empfing sie nur die Nachrichten des Bundespresseamtes, täglich an die fünfzig Kurzmeldungen à 160 Zeichen. Nachdem sie die gelesen hatte, rief sie in Lissabon an, um sich bei der Außenministerin Portugals für die Filmklassiker auf DVD zu bedanken.

Nie hätte sie gedacht, dass ein so kleines Land so viele großartige Cineasten hervorbrachte, männliche wie weibliche. Die Filme von Paulo Rocha, Fernando Lopes, Miguel Gomes, Manoel de Oliveira, João Pedro Rodrigues, Teresa Villaverde, Margarita Cardoso und Maria de Medeiros fand sie *muito magnifico*, wenn auch teilweise unverständlich für Nichtportugiesen.

„Wir wollen nicht verstanden werden. Wir wollen, dass man uns bemitleidet“, erklärte die Außenministerin. „Weil Portugal ein koloniales Weltreich verloren hat und nicht zu den Gewinnern des vereinten Europa zählt.“

„Außer im Fußball“, korrigierte die Kanzlerin.

„Und in der Zahl von Filmfestivals. Sie ist mit dreißig doppelt so hoch wie in Deutschland.“ Als Dank für den raschen EZB-Kredit und weil die Kanzlerin eine engagierte Umweltpolitikerin sei, lud die Ministerin sie zum CineEco-Festival in Seia nahe Coimbra ein. Die Gegend sei berühmt für ihren Douro-Wein, der leider geringe Exportchancen habe, weil Spanien mit Billigweinen den EG-Markt beherrsche.

Die Kanzlerin notierte in ihr schlaues Spalding Memory Book „Douro statt Riocha“ und versprach, die Sache in Brüssel vorzubringen. Danach rief sie ihren Mann an, um ihm eine gute Nacht zu wünschen. Gesundheitlich ginge es ihr schon besser, doch der Arzt meinte, die Auszeit täte ihrem Biorhythmus gut, der durch chronischen Schlafmangel belastet sei. „Der Dalai Lama braucht auch nur drei Stunden Schlaf und war noch nie krank.“

„Weil er meditiert, statt Filme zu sehen", glaubte ihr Ehemann.

„Ist für mich dasselbe, nur ohne Klangschalen und Räucherstäbchen."

„Bitte tu mir den Gefallen und schlaf dich aus. Sonst klappst du im nächsten Wanderurlaub zusammen und ich muss dich die Berge hochtragen."

„Du wolltest mich lebenslang auf Händen tragen", erinnerte sie ihren Mann.

Er versprach, sie zwar nicht auf Händen, aber huckepack durch die Dolomiten zu tragen, falls sie es wünsche. Nur, welchen Eindruck würde das machen? Auf Schritt und Tritt waren sie von Paparazzi verfolgt, die nur darauf warteten, die Bundeskanzlerin in unvorteilhafter Pose abzulichten.

„Was hältst du von einem Urlaub in Portugal?"

„Gibt es da Berge", fragte ihr Mann, der geophysisch nicht so bewandert war.

„Der berühmte Film *Trás-os-Montes* von António Reis spielt in einer einsamen Bergregion Portugals, wo die Bauern ihre Felder noch mit Ochsen pflügen, ihre Tiere im eigenen Haus halten und Fremde mit ‚Herr Wohlgeboren' anreden."

„Hört sich verlockend an ... Aber wieso berühmt?"

„Seine archaische Bildsprache war etwas völlig Neues im europäischen Kino der siebziger Jahre. Wie die Filme von Paradschanow und Iljenko ..."

„Was du alles weißt!" Derweil hatte ihr Mann *Trás-os-Montes* gegoogelt: Hinter den Bergen. Eine gottlose Gegend, wo noch heidnische Sitten herrschen und der Klimawandel extreme Hitze und Kälte beschert.

„Dort wächst der vorzügliche Douro-Wein, aber es gibt keine Touristen. Das ist doch wie geschaffen für uns ..."

Nach dem Abendessen schaute die Kanzlerin die TV-Nachrichten, danach drei Filme auf DVD, die ihr Schulfreund als „politisch lehrreich" für sie ausgewählt hatte: *Knallt das Monstrum auf die Titelseite*, *Das Geld*, *Der Dialog*. Der erste erinnerte sie unangenehm an die Rolle der Medien in der NSU-Affäre, der zweite an die bitteren Folgen der Finanzkrise für junge Menschen. Letzterer, ein amerikanischer Thriller über die Ausspionierung von Bürgern durch private Abhörspezialisten, gab ihr zu denken ... Waren ihre Handys gut abgeschirmt oder so sicher wie öffentliche Telefonzellen?

Um auf andere Gedanken zu kommen, legte sie die Slapstick-Komödie *Safety Last* ein. An der Stelle, wo Harold Lloyd in schwindelnder Höhe am Zeiger einer Uhr hängt, surrte das Diensttelefon der Kanzlerin. Aus dem Tag und Nacht besetzten Lagezentrum kam die Anfrage, ob ein Gespräch aus Moskau durchgestellt werden solle oder sie später zurückrufen wolle.

„Wenn der russische Präsident mich um zwei Uhr morgens sprechen will, muss es dringend sein", sagte die Kanzlerin und ließ sich verbinden.

„Dóbroje útro, Wladimir Wladimirowitch! Haben Sie vergessen, dass die Moskauer Zeit bei uns abgeschafft wurde?"

„Bitte verzeihen Sie! Ich wollte mich nur nach Ihrer Gesundheit erkundigen, aber die Telefonisten haben mich gleich zu Ihnen durchgestellt."

„Wenn Sie anrufen, denken alle, die Welt steht am Rand des Abgrundes."

„Tut sie das nicht? Die Finanzkrise ist ein Vernichtungskrieg ohne Waffen."

„Ich hoffe, wir sind noch mal davongekommen. Aber mich hat es, wie man bei uns sagt, von den Socken gehauen ... auf Russisch: aus den Stiefeln."

„Wann werden Sie wieder auf dem Kutschbock sitzen, wie man bei uns sagt?"

„Nächste Woche. Da sehen wir uns in München zur NATO-Tagung und reden über unser Projekt ..."

„Die deutsch-russische Filmwoche in Potsdam und Petersburg ... daraus wird wohl nichts werden."

Die Kanzlerin war ungehalten, dass ihr Wunschprojekt platzen sollte, doch der Kremlchef beruhigte sie. Die Filmwoche läge ihm am Herzen, nur könne er nicht nach München reisen, weil das NATO-Bündnis die Großmacht Russland als Juniorpartner des europäischen Raketenschildes abspeisen wolle.

„Das können wir nicht akzeptieren. Russland ist erwachsen und möchte, wenn überhaupt, nur Vollmitglied werden."

Die Kanzlerin versprach, in der Sache zu vermitteln. Dank ihres Vorgängers betrachteten die Amerikaner die Deutschen als unwillige Verbündete im Krieg gegen den Terrorismus und misstrauten ihnen, dank ihres Vorgängers, weil sie ein gutes Verhältnis zu Russland anstrebten. Auch darum hoffe sie, dass die Filmwoche stattfinde.

„Wie wär's, wenn wir das Festival statt in Petersburg in

Sotschi veranstalten, gleich nach der Winterolympiade?“, schlug der Präsident vor.

Die Kanzlerin war nicht begeistert, ihr Lieblingsprojekt mit dem IOC teilen zu müssen, das mit der Wahl eines Sommerkurortes zur Austragung von Winterspielen keine glückliche Hand bewiesen hatte. Zudem warfen Umweltaktivisten dem Präsidenten vor, die Spiele gekauft zu haben, um sie zu einer Propagandashow auf Kosten des Ökosystems zu machen. „Potsdam und Petersburg halte ich für geeigneter. Beide Orte symbolisieren seit Katharina der Großen und Preußens König die engen deutsch-russischen Beziehungen.“

„Sie haben recht, alles hängt mit allem zusammen“, gab der Kreml-Chef nach.

„Wie der Schwanz mit der Kuh, sagt man bei uns in Mecklenburg.“ Damit beendete die Kanzlerin das nächtliche Gespräch, weil sie noch eine Mütze Schlaf brauche. Wofür die Russen den Begriff *sonja*, Schlafmütze, kennen. Weil sie aber nicht Sonja hieß, sah die Kanzlerin sich noch *Night of the Living Dead* von George A. Romero an und schlief danach friedlich ein.

Anfang September reiste die Kanzlerin zum G20-Gipfel nach Sankt Petersburg. Dort bat sie der amerikanische Präsident um ein Vieraugengespräch. Damit sie auch wirklich ungestört waren, in Russland haben die Wände bekanntlich Elefantenohren, fuhren sie in der gepanzerten Limousine des Präsidenten durch die im matten Licht wie ein Faubergé-Ei funkelnde Stadt. Von ihren Sehenswürdigkeiten bekamen sie nicht viel mit, wegen der verdunkelten Scheiben und der düsteren Aussicht, dass der Gipfel sein allerwichtigstes Ziel verfehlen würde. Der Syrienkonflikt konnte nicht beendet werden, weil Russland und China die militärische Option ablehnten. Wenigstens waren sich die Regierungschefs der führenden Industriestaaten einig, globale Steueroasen auszutrocknen, in dem sie jeglichen Zahlungsverkehr länderübergreifend vernetzten. Dass man damit das Grundrecht des Steuergeheimnisses außer Kraft setzte und Orwells Vision der totalen Überwachung des Bürgers Realität werden ließ, war ihnen bewusst. Doch alle hofften, dass die Menschen es ebenso hinnehmen würden wie die Ausspähung ihrer Privatsphäre im Internet und das Speichern ihrer Telefonate durch die NSA, die der *whistleblower* aus Minnesota verpetzt hatte.

„Yes, Mam, I think we got a problem", stimmte der Präsident der Kanzlerin zu. So redegewandt und locker, wie er sonst auftrat, fummelte er diesmal verlegen an seiner Krawatte und teilte ihr kleinlaut mit, dass auch ihr privates Telefon abgehört werde.

Die Kanzlerin, die ihr Missfallen sonst mit eisiger Miene zum Ausdruck brachte, bekam Hitzeflecken angesichts dieses Geständnisses. „Hab ich's doch gewusst! Das geht gar nicht, Barack! Das ist der Super-Gau, wenn es publik wird, so kurz vor den Wahlen."

„Deshalb muss es unter uns bleiben, bis du die Wahl gewonnen hast."

„Und wenn nicht?"

„Hätten wir ein Problem weniger“, gab der Präsident zu. „Aber die Deutschen wissen, was sie an dir haben. Sie bewundern dich ... Mich mögen nicht mal mehr die, die mich zum Präsidenten gemacht haben.“

Die Kanzlerin sah aus dem Fenster. „Vielleicht will ich ja nicht wiedergewählt werden.“ Am Ufer der Newa lag etwas, das ihr bekannt vorkam. „Können wir anhalten? Ich möchte mir die Aurora ansehen, das Symbol der Revolution.“

Obwohl seine Sicherheitsleute dagegen waren, ließ der Präsident die Rundfahrt unterbrechen und begleitete die Kanzlerin zum Museumsschiff.

„Zu ewigem Ruhm kam die Aurora nur durch Sergej Eisensteins Film *Oktober*. Darin gibt sie das Signal zum Sturm auf das Winterpalais, den der geniale Regisseur bildgewaltig in Szene setzte. In Wahrheit verlief der Sturz der provisorischen Regierung völlig unblutig.“

Der US-Präsident hatte von Eisenstein nie gehört, er kannte Lenny Bernstein und Harvey Weinstein, Hollywoods erfolgreichsten Filmproduzenten. „Harvey sagte mir, Kino sei Lüge, vierundzwanzigmal in der Sekunde.“

„Und was ist Politik?“, wollte die Kanzlerin wissen.

„Der Stunde der Wahrheit, sechzigmal in der Minute.“

Als sie das schwimmende Museum erreichten, erwartete sie eine jubelnde Menschenmenge. Fünfunddreißig Rubel Eintritt mussten die Staatschefs zwar nicht ausgeben, aber für Erinnerungsfotos posieren. Weil die Sicherheitskräfte die Lage nicht unter Kontrolle hatten, wurde das *public viewing* abgebrochen und sie kehrten in ihrem Panzerkreuzer sicher zum

Zarenpalast zurück, um den Angriff auf Syrien zu beschließen. Die Kanzlerin verweigerte die Zustimmung, unterschrieb dafür die Kriegserklärung gegen die Cayman Inseln und andere Steuerparadiese sowie das demokratische Grundrecht auf Steuergeheimnis. Sie hoffte, das Bundesverfassungsgericht würde es verteidigen, wusste aber, die Amerikaner scherten sich einen Dreck um deutsche Vorbehalte. Sie führten ihren Kampf gegen Terrorismus, Drogenhandel, Scheinwirtschaft mit allen Mitteln, auch ungesetzlichen.

Gleich nach der Bundestagswahl, die Kanzlerin war in ihrem Amt bestätigt worden, ließ sie den Botschafter der USA einbestellen und las ihm die Leviten, weil ihr privates Handy von seiner Residenz am Potsdamer Platz aus abgehört wurde. Der Botschafter versprach, der Angelegenheit nachzugehen, und bat, die Sache nicht übermäßig aufzubauschen. Dass ohne ihr Zutun allerorten die Alarmglocken schrillten und selbst die Gläubigen kaum mehr wagten, Gott anzurufen, verdankten sie dem grünen Savonarola, der ohne Zustimmung der Kanzlerin den *whistleblower* in Moskau befragte. Nun musste sie öffentlich Stellung beziehen und tat es mit der ihr eigenen Contenance. Ihre Kritik „Das geht gar nicht unter Freunden" hatte das Zeug, zum politischen Allgemeinplatz des Jahres gekürt zu werden.

Die Enthüllung der NSA-Abhörpraktiken war für die Kanzlerin weniger problematisch als die Sorge, dass Washington über ihre heimliche Leidenschaft Bescheid wusste. Sie musste davon ausgehen, dass man ihre Telefonate mit

Jens-Peter Bock, Volker Schlöndorff und der portugiesischen Außenministerin mitgeschnitten hatte und sie nun damit unter Druck setzen konnte. Deshalb entschied sie gegen ihr Prinzip, alles Private von der Öffentlichkeit fernzuhalten, sich als filmsüchtig zu outen. Keinesfalls jedoch wollte sie als labiles, triebhaft sublimierendes Wesen dastehen, das aus der Realität flüchtet, weil es ihr nicht gewachsen ist. Darum musste ihr eine Argumentation einfallen, die ihr Privatvergnügen politisch sinnvoll erscheinen ließ.

Wie so oft, wenn sie sich in einer Zwangslage befand, kam ihr der Zufall zu Hilfe. Diesmal in Form der E-Mail eines gewissen Barton Fink, Gründer eines DDR-Filmarchivs in den USA. Zuerst dachte die Kanzlerin an einen Scherz der Coen-Brüder, die mit ihrer Hollywood-Satire *Barton Fink* Karriere gemacht hatten, dann an Fink's, das deutsche Restaurant in Jerusalem, wo Politiker aus aller Welt bei Gulaschsuppe & Schnitzel nichtkoscheren Gedanken über Israel nachhingen. Doch den Mann und sein Archiv gab es wirklich, wie die Internet-Rechercheure des Kanzleramts bestätigten. Als man 1990 bei der Übernahme der DDR-Botschaft in Washington zweihundert Filmkopien der DEFA fand, wollten weder Goethe-Institut noch Bundesarchiv die Hinterlassenschaft des Unrechtsstaates haben. Barton Fink, Professor für Medien in Amhurst, nahm sie gern, vervielfältigte sie auf DVD und verschaffte seiner Uni damit ein einträgliches Geschäft. Weil die empfindlichen Zelluloidsteifen erhebliche Lagerkosten verursachten, bat der Nostalgiker die Kanzlerin nun, das wertvolle kulturelle Erbe zu übernehmen.

Die Kanzlerin überflog die Liste der Spiel- und Dokumentarfilme. Sie enthielt das Beste aus der Babelsberger Flimmerkiste: antifaschistische Dramen, Märchen- und Indianerfilme, sogar die verbotenen Gegenwartsfilme der sechziger Jahre – und das Schlechteste: Kino, das körperliche Drecksarbeit als sozialistischen Schönheitswettbewerb pries, gesellschaftliche Konflikte in Wohlgefallen auflöste, statt sie zu benennen, Moral und Sitte so großspurig einforderte, dass die Zuschauer kleinlaut den Saal verließen, oder lustig sein wollte und nur Entsetzen hervorrief bei Leuten, denen das Lachen längst vergangen war.

Die Kanzlerin beschloss, die Filme nach Schloss Meseberg kommen zu lassen, wo man sie der Bevölkerung am Tag der offenen Tür zwecks anschaulicher Aufarbeitung von DDR-Geschichte vorführen konnte. Oder den gewählten Volksvertretern, von denen die meisten nie einen DEFA-Film gesehen hatten.

Im Kanzleramt stieß der Vorschlag auf wenig Gegenliebe. Wenn schon, dann müssten auch alte BRD-Filme in Schloss Meseberg laufen, sonst gewinne das Ostkino zu große Bedeutung und brächte den geschichtlichen Proporz in eine Schieflage. Außerdem sei die DEFA-Stiftung zuständig für das diplomatische Filmerbe, um es für die Nachwelt zu bewahren. Weil die Stiftung das Geld für die Restaurierung der ausgetrockneten und mit Pilz befallenen Kopien nicht aufbringen konnte, sollten die DEFA-Büchsen bis auf weiteres im Filmbunker des Bundesarchivs in Koblenz eingelagert werden. Doch dazu kam es nicht, denn Larry

Lubitsch, der unvoreingenommene Kinosammler des New Yorker MoMA, plante eine DDR-Filmschau.

Er wollte für die Restaurierungskosten aufkommen, wenn ausgewählte DEFA-Klassiker in den Besitz seines Archivs übergingen. Die Kanzlerin begrüßte Lubitschs Idee, die Amerikaner über *Sein oder Nichtsein* des kleinen Filmlandes DDR entscheiden zu lassen. Trotz herzlicher Einladung reiste sie nicht nach New York, weil sie ungern als *Ninotschka* der DEFA in Erscheinung treten wollte. Man würde ihr vorwerfen, sich für alte Hüte zu begeistern und der DDR zu viel Ehre zu erweisen. Dabei ging es ihr nur um Kino, nicht um Politik, doch genau das war das Problem. „Alle Medien sind Erweiterungen bestimmter Anlagen. Sie verändern die Art und Weise, wie wir denken und handeln", sagt Marshall McLuhan, der Autor von *The Medium is the Message.*

Die Kanzlerin war immer noch Kanzlerin. Als Mensch sah sie die Dinge anders, seit das Medium Film sie vieles lehrte. Zum Beispiel die Einsicht, dass es keine Unvermeidlichkeit gibt, solange eine Bereitschaft besteht, das aktuelle Bestehen zu überdenken, wie McLuhan sagt. Sie fürchtete, dass die fernsehverdorbenen Deutschen ihre unbedingte, jedes Werturteil vermeidende Liebe zum Kino als für ihr Amt schädlich betrachteten und der Ansicht waren, eine Staatschefin müsse uneingeschränkt für das Wohl des Landes tätig sein. Von wegen. Der Präsident der USA spielte täglich bis zu drei Stunden Golf und gab lieber Essen im Weißen Haus als Konferenzen. Dennoch galt er als *workaholic*, wenn auch nicht unbedingt als erfolgreicher. Der Kanzlerin warf man alles Mögliche vor, nur keine Faulheit. In zwei Jahren hatte sie mittlerweile so viele Kinofilme konsumiert wie Filmstudenten im ganzen Studium, sah sich jedoch immer noch als Anfängerin und die späte Geburt ihrer Leidenschaft als zweifelhafte Gnade. Allein um die wichtigsten der rund tausend DEFA-Produktionen zu sehen, bräuchte sie mehr Nächte als für die Rettung der Banken. Passend zu dieser Überlegung las sie bei nächster Gelegenheit in F.B. Habels DEFA-Filmlexikon alles über die Titel *Der Rat der Götter*, *Das kalte Herz*, *Schlösser und Katen*, *Spielbank-Affäre*, *Nackt unter Wölfen*, *Bürgschaft für ein Jahr* und, aus persönlicher Neugier, *Märkische Forschungen.*

# - 15 -

Die morgendliche Lagebesprechung im siebten Stock des Kanzleramtes begann wie immer mit der Presseschau durch den Regierungssprecher. Der zehnköpfige Beraterstab der Chefin spitzte zwanzig Ohren, als die Schlagzeile der *Bild*-Zeitung verlesen wurde: „Kanzlerin schaut Ostfilme. Sehnt sie sich nach ihrer Jugend in der DDR zurück?“ Einige lachten, andere zogen die Stirn in Falten. Sollte man eine Erklärung zu dem Vorwurf abgeben, überlegte ihre Medienberaterin, oder wolle die Chefin sich nicht äußern? Sie wollte, aber nicht wie ein Pawlowscher Hund, der bellt, wenn die rote Lampe bei Springer aufleuchtet.

„Die Sache ist mir zu wichtig, um sie als Boulevard-Story zu verwässern“, fand die Kanzlerin. „Film ist eine leicht verderbliche Ware und braucht einen würdigen Rahmen mit nachhaltiger Wirkung.“

Damit war das Thema allerdings nicht vom Tisch. Der Staatssekretär hielt eine Richtigstellung der Kanzlerin für ratsam, um die Wähler in den alten Bundesländern nicht zu verstimmen. Sein Bürochef überlegte, die *Bild* wegen übler Nachrede abzumahnen; schließlich sei es kein Verbrechen, DDR-Filme zu schauen, auch wenn, wie er fand, die wenigsten etwas taugten. Die parteilose Medienberaterin riet dringend davon ab, sonst gehe es der Kanzlerin wie dem Bundespräsidenten, der sich mit der Presse angelegt und sein Amt verloren hatte. Der CSU-Vertreter forderte eine Anhörung im Koalitionsausschuss, während die SPD gar mit Ausstieg aus der Regierung drohte, falls die Kanzlerin sich nicht deutlich erklärte. Die Protokollchefin bat um sachliche Manöverkritik, statt mit Kanonen auf Spatzen zu schießen.

„Meine Damen und Herren!", mischte sich die Kanzlerin ein. „Ich werde im Bundestag erwartet, um die erste Grundsatzentscheidung der Großen Koalition abzusegnen ... eure Diätenerhöhung."

In der wöchentlichen Kabinettsitzung hatten die Damen und Herren Minister andere Probleme zu erörtern als die Freizeitvergnügen der Kanzlerin. Das Thema Film kam am Ende der Sitzung dennoch zur Sprache, als fakultative Fragestunde. Jeder Anwesende sollte frei heraus, ohne Gedanken an Spott oder Beifall, seinen Lieblingsfilm nennen, schlug die Kanzlerin vor und gab *Die Nächte der Cabiria* von Fellini als ihren derzeitigen Favoriten an. Es folgte ihr Stellvertreter mit *Der Stellvertreter* von Costa-Gavras, dann die Ministerin für Verteidigung nach kurzer Bedenkzeit mit *Die Reifeprüfung*. Da sie den Regisseur nicht wusste, half die Kanzlerin nach: Mike Nichols, der auch den Antikriegsfilm *Catch 22* gedreht hatte. Der Außenminister konnte sich nicht entscheiden, deshalb antwortete er diplomatisch mit *Reise um die Erde in 80 Tagen*. Gewohnt entschlossen nannte der Minister für Inneres gleich drei Filme des Ur-Münchners Sepp Vilsmeier: *Herbstmilch*, *Stalingrad*, *Marlene*. Die Sozialministerin liebte *Effi Briest* von Fassbinder, die Ministerin für Familie mochte alle Harry-Potter-Filme. Der Gesundheitsminister wählte alternativ die Komödie *Britannia Hospital* und das Drama *Sprich mit ihr* als Medizin für die Seele, der Verkehrsminister *Trafic* von Jacques

Tati, den er sich stets vor Augen rief, wenn er im Stau stand. Der Justizminister schwärmte für *Die 12 Geschworenen* von Sidney Lumet, die Umweltministerin für *Titanic* von James Cameron. Der Minister für Finanzen mochte keine Filme, er liebte das Theater. Was die Ministerin für Wissenschaft und Bildung ignorant fand, weil Filme wie *Der große Diktator*, *Das Wunder von Mailand* oder *Das Millionenspiel* ihrer Auffassung nach zum Allgemeinwissen zählten.

Am Ende der Kabinettsitzung hatte die Kanzlerin es wieder einmal geschafft, Dissenz in Konsens zu verwandeln. Doch das genügte ihr nicht. Sie schlug vor, jeden Monat im Paul-Löbe-Haus einen Kinoabend für Regierungsmitarbeiter zu veranstalten. Filme seien, obwohl ein wachsender Wirtschaftsfaktor, ein Stiefkind der deutschen Leitkultur. Der Herr im Weißen Haus lade halb Hollywood zu sich ein und der Kremlchef verpasse keinen neuen Film russischer Produktion. Trotz säuerlicher Mienen erntete der Vorschlag Beifall.

Adrian Fromm war frustriert. Zwar hatte er die Enthüllungsstory über Mutti an *Bild* verkauft, nachdem sein Blatt sie nicht bringen mochte, doch ihn wollte man bei Springer nicht beschäftigen. Sein Chefredakteur erlaubte ihm, über die filmische Bildungsinitiative der Kanzlerin im Regierungsapparat zu berichten, was längst alle Provinzschreiber taten. Aber ein Ass hatte er noch im Ärmel: Muttis Seitensprung. Mit dieser *coverstory* würde man ihn als deutschen *whistleblower* sogar beim *Spiegel* nehmen. Der Innenminister musste seinen Hut nehmen wegen Kinderkram, der Ex-

Bundespräsident stand wegen Vorteilsnahme von *peanuts* unter Anklage. Was erst würde der Chefin blühen, wenn publik wurde, dass sie heimlich mit ihrer Jugendliebe Filme „nur für Erwachsene" schaute?

Fromm bestellte eine Flasche Dom Perignon beim Kellner des Café Einstein und schrieb schon mal die Einleitung zu seiner Relativitätstheorie „Über die Liebe zum Kino und die Macht der Gefühle". Beweise für die außereheliche Verbindung von Staat und Volk hatte er nicht. Doch wo ein Wille ist, ist auch ein Weg für einen aufstrebenden Journalisten.

Vom Erfolg ihres *coming out* als Kinobesessene überrascht, schob die Kanzlerin gleich noch eine Initiative durch die Staatskulturministerin nach. Film sollte verstärkt an Grund- und Hauptschulen unterrichtet werden, sogar schon im Kindergarten, damit die Jugend nicht weiter durch TV-Soaps und Reality-Serien hinters Licht der Erkenntnis geführt wurde. „Kino ist die Tür zur Erinnerung, Fernsehen das Fenster zur Welt des Vergessens", zitierte die Kanzlerin Jean-Luc Godard auf ihrer Internetplattform. Die öffentlich-rechtlichen Intendanten protestierten und verlangten eine Anhebung der GEZ, um weiter dieselben besonderen Filme zeigen zu können, die immer höhere Lizenzgebühren kosteten.

Die Kanzlerin verwies sie ans Bundesarchiv, wo tausende Filme lagerten, die nie im Fernsehen liefen. Zum Bespiel die verbotenen Propagandastreifen der NS-Zeit. Wie sollte die Jugend lernen, was das Kino in den Händen von Verbrechern sein kann und welchen Wert die Freiheit der Medien besitzt?

Das Argument, Neonazis verherrlichten *Jud Süß* und *Triumph des Willens* als wahre deutsche Filmkunst, ließ die Kanzlerin gelten, glaubte aber nicht, dass demokratisch gebildete Menschen sich davon zu Rassenhass und Größenwahn verleiten lassen. Verbotenes reize mehr als Erlaubtes, und diesen Reiz gelte es zu entzaubern. Allerdings mit entsprechender pädagogischer Unterstützung.

Mit diesem politisch nicht korrekten Vorschlag schaffte die Kanzlerin es sogar ins Feuilleton der *FAZ*. Ihre zuletzt nach unten weisende Popularitätskurve stieg wieder leicht an, vor allem im Osten, weil sie sich zudem für das neue osteuropäische und das alte ostdeutsche Kino ins Zeug legte. „Der ideologische Auftrag der DEFA, den Zuschauer zu verändern, erwies sich letztlich als untauglich, weil die Menschen ein anderes Bild der DDR-Realität vor Augen hatten und Veränderung herbeisehnten", betonte sie im Fernsehinterview. „Auch schlechte Filme sind Zeugnisse ihrer Zeit. Sie erzählen vom Guten und weniger Guten eines Landes, nicht nur vom schlechten Geschmack der Geldgeber und Ausführenden." Auf Vergangenes und Fremdes solle man unvoreingenommen schauen. Am Ende zähle im Kino vor allem die ewige Wahrheit der Menschen im Kampf ums Dasein.

Die deutsche Filmakademie lud daraufhin die Kanzlerin zu einer Matinee ein. Sie sollte ihren Lieblingsfilm zeigen und mit Filmemachern diskutieren. Da sie sich ungern festlegte, ihr laienhaftes Urteil nicht zum Maßstab für Profis machen wollte, schickte sie eine Liste mit Filmen und überließ die

Wahl dem Vorstand der Akademie. Dort war man pikiert, aber kaum überrascht, dass nur DEFA-Werke aufgelistet waren. Das Filmverständnis der Kanzlerin stecke eben, wie ihr politisches für Frauenquote und Urheberrecht, noch in DDR-Kinderschuhen. Immerhin hatte sie keine drittklassige Babelsberger Ware ausgewählt, sondern Filme, die im Westen bekannt waren: *Ehe im Schatten, Das Kaninchen bin ich, Der Dritte, Jakob der Lügner, Solo Sunny, Die Beunruhigung, Coming Out, Treffen in Travers, Der Tangospieler.* Die Filmakademie entschied sich für *Die Legende von Paul und Paula*, obwohl er nicht auf der Liste stand. Die Kanzlerin hielt ihn für überschätzt.

Der Abend wurde trotzdem amüsant. Wegen Alice Schwätzer, die *Paul und Paula* frauenfeindlich fand, und der Kanzlerin, die lieber über ihre Kindheit reden wollte als über die Frage, ob der DEFA insgesamt eine Hauptrolle im deutschen Film zustand oder nur eine Nebenrolle als Verwandte der alten UfA. Andreas Dresen, Wunderknabe des ostdeutschen Kinos, schwärmte mit kindlicher Begeisterung für die Menschen in der DDR. Sie seien solidarischer, mutiger und politisch interessierter gewesen als nach dem Mauerfall, außerdem kinobegeisterter als heute. Die Kanzlerin zog schweigend die Augenbrauen hoch und erntete Zustimmung für ihren Widerspruch, auch von den vier einstigen DEFA-Mitarbeitern in der deutschen Filmakademie.

Sie habe erst durch einen Schulfreund spät zum Film gefunden, sagte die Politikerin und bat den Vorführer ihres Lieblingsfilms – dabei machte sie die Geste „in Anführungsstrichen" – aufs Podium. Im Saal fiel ein Vertreter der Presse fast vom Sitz, als die Kanzlerin ihn mit einer angedeuteten Umarmung begrüßte.

„Ich bin der Jens-Peter aus Gransee", erklärte Bock bescheiden, aber nicht schüchtern. „Ich hatte das Privileg, in der Schule neben ihr zu sitzen und, weil sie immer alles wusste, von ihr abschreiben zu können."

Die Kanzlerin unterbrach die allgemeine Heiterkeit und betonte, sie würde jetzt nicht hier stehen, wenn der filmverrückte Jens-Peter nicht wäre. Ihm verdanke sie ihre Liebe zum Kino, die mit einem Kinderfilm aus Babelsberg begann und sie Schritt für Schritt durch die Weltfilmkunst führte. „Das Kino ist der Spiegel des Menschseins. Es zeigt uns, wie wir sind und sein könnten."

„Was ist mit der Religion", erregte sich ein Zwischenrufer. „Muss Gott, der uns nach seinem Bilde schuf, ins Kino gehen, um uns zu erkennen?"

Das Publikum kannte Matthias Mattujeck, den streitbaren Ritter wider alles Nichtkatholische, aus Presse und Fernsehen. Die Kanzlerin wusste nicht, wer ihr die Steilvorlage bot, war aber dankbar dafür. „Wenn Gott Filme sieht, was ich natürlich nicht weiß, würde er über Monty Pythons *Das Leben des Brian* lachen, über *Wie in einem Spiegel* und *Licht im Winter* von Bergman verärgert sein und von Pasolinis *Das erste Evangelium – Matthäus* beeindruckt."

„Als bibelfeste Protestantin sollten Sie wissen, dass am Anfang das Wort war, nicht das Bild", erklärte der bekennende Katholik.

Die Kanzlerin blieb gelassen. Gottes erste Worte waren „Es werde Licht!“, und es sei gewiss kein Zufall, dass die ersten Filmemacher Lumière hießen und nicht Motier oder Wortmann. Der anwesende Regisseur des Kinoerfolgs *Das Wunder von Bern* amüsierte sich so lautstark, dass Mattujecks Erwiderung ungehört unterging. Dresen, der auch als Verfassungsrichter in Brandenburg eine gute Figur machte, beendete die Diskussion mit den Worten: „Wir danken der Bundeskanzlerin und hoffen, dass sie ab jetzt viele unserer Filmpremieren mit ihrer Anwesenheit beehrt.“

„Gern, wenn Sie auch noch das Regierungsgeschäft übernehmen“, scherzte die Kanzlerin.

Nachdem der Akademievorstand sich als Gruppenbild mit Dame verewigt hatte, stieg die Kanzlerin mit ihrem Schulfreund ins Auto und ließ sich zum Hauptbahnhof chauffieren.

„Das war schön, was du eben über mich gesagt hast“, lobte sie ihn. „Schade, dass aus dir nichts wurde, weil du zu unangepasst und vorlaut warst.“

Jens-Peter Bock fand, dass aus ihm noch etwas werden konnte. Wenn er das Drehbuch zu *Die Nächte der Kanzlerin* schrieb. „So einen deutschen Film über Politik gab es noch nie – ohne Satire, Pathos, Sex & Crime. Einfach die Wahrheit über die Liebe einer Frau zum Kino, die nie Zeit hatte für die schönste Nebensache der Welt. Und dann verändert diese Liebe ihren politischen Blick auf die Welt. Und dann ...“

„Wer will denn das sehen?“, unterbrach ihn die Kanzlerin und überflog die Kurzmeldungen ihres Pressebüros auf dem

Handy. „Allerdings, gab es nicht vor Jahren ein Fernsehspiel über meinen Vorgänger?“

Bock, ganz wandelndes Filmlexikon, spuckte sofort die gewünschten Daten aus. „*Küss mich, Kanzler!* Alleinerziehender Vater mit kasachischer Putzfrau teilt mit dieser nicht nur die Sorgen der Macht, auch die Freuden der Lust. Ein Aufklärungsfilm für alle, die schon immer wissen wollten, was Politiker im Schlafzimmer treiben.“

Die Kanzlerin entschied, das Werk nicht in ihr Nachtprogramm aufzunehmen.

Die Idee, ihre private Geschichte als Film zu erzählen, gefiel ihr. Sie war, von manchen nicht jugendfreien Objekten ihrer Kinobegierde abgesehen, weder skandalös noch seicht. Aber sie könnte aufschlussreich sein für Menschen, die, getrieben vom beruflichen Ergeiz, taubblind für die wahren *Dinge des Lebens* (einer ihrer Lieblingsfilme) und einsam werden. Auch sie war es manchmal und fragte sich dann, ob Politik die Probleme der Menschen löst oder sie erst schafft, um sie dann zu verwalten.

Jede Arbeit deformiert den Menschen. Die Familie kann ihn zerstören, das Kino ihn wieder zusammenfügen. Als erste Frau im Staat würde sie früher oder später abtreten müssen. Dann wollte sie die erste deutsche Regierungschefin sein, deren Name im Filmlexikon steht.

„Wenn überhaupt, möchte ich, dass es ein nachhaltiges Kinoerlebnis ist. Keine alberne Komödie und kein kitschiges Melodram.“ Ein starkes Stück wie *Vivre sa vie*, einer ihrer absoluten Lieblingsfilme.

Jens-Peter Bock sah sich schon als Regisseur, etwas, das er in der DDR sein wollte, aber nicht durfte.

„Wer käme als Regisseur in Frage und wer könnte Sie ... dich ... die Hauptrolle spielen?"

Die Kanzlerin, gewohnt, in Personalfragen ihren Beratern zu vertrauen, musste darüber nachdenken. Einen Regisseur wie Bergman und Antonioni gab es nicht mehr. Ein deutscher *metteur en scène* könnte und sollte es sein, möglichst einer mit einem Oscar. Der Schlöndorff vielleicht, nur nicht dieser von Adel, der wie ein Olympiasieger 1936 gejubelt hatte: „Dieses Gold habe ich für Deutschland gewonnen!" Man würde von ihr, einer erklärten Gegnerin der Frauenquote, vermutlich erwarten, dass sie einer Regisseurin den Vorzug gab. Der kleinen Münchnerin vielleicht, die als erste Deutsche den Oscar gewann, seitdem aber nur Sachen drehte, die so ungefähr waren wie der Titel ihres Erfolgsfilms *Irgendwo in Afrika*. In der Frage der Besetzung fühlte die Kanzlerin sich überfordert. Schauspielernamen waren etwas für besessene Autogrammjäger, sie interessierte sich für Regisseure, Kameraleute und einige Drehbuchautoren wie Mayer, Mamet, Pratolini, Guerra, Carriére, Duras, Krumbachová, Kohlhaase, die dem Kino ihren ganz persönlichen Stempel aufdrückten. Am besten wäre es, die *Hauptrolle für eine Unbekannte* selbst zu schreiben. Ob Böckchen, der in der Schule nur abgeschrieben hatte, der Richtige war, wagte sie zu bezweifeln.

Adrian Fromm bekam von all dem nichts mehr mit. Er betrank sich auf Akademiekosten an der Kinobar und prostete seinem Spiegelbild mit Dantes Trinkspruch *Lasciate ogni speranza* zu. Seine Enthüllungsstory konnte er vergessen, nachdem Mutti ihren Filmvorführer als Jugendfreund begrüßt hatte. Aber hatte nicht jede Frau ihr kleines Geheimnis, erst recht nach den Wechseljahren, und wurde ein Mann, der Bock heißt, im besten Alter zum frommen Lamm? Noch wollte der Journalist nicht alle Hoffnung fahren lassen, fiel aber erst mal vom Barhocker und brach sich fast den Hals.

# - 16 -

Nach wochenlanger, aufreibender Regierungsbildung und der ermüdenden Diskussion um den Rücktritt des Innenministers freute sich die Kanzlerin auf den Jahresendurlaub. Doch vorher musste sie noch mehrere Auslandsreisen hinter sich bringen. Nach Vilnius, wo sie am Gipfeltreffen der Östlichen Partnerschaft teilnahm, hatte sie drei thematisch passende Filme des litauischen Regisseurs Sharunas Bartas mitgenommen. *Freiheit*, *Visionen von Europa*, *Östliches Treiben* waren nur insofern politisch, als auch unpolitisches Kino etwas über den Zustand eines Landes aussagt. Litauen hatte einen hohen Blutzoll für seine Freiheit vom Sowjetimperium bezahlt, ein Viertel der Bevölkerung durch Auswanderung verloren, als es in das europäische Haus einzog. Im nordöstlichen Seitenflügel für Sozialschwache fühlte sich das kleine katholische Land von Brüssel nicht genug beachtet, obwohl der geografische Mittelpunkt Europas unweit von Vilnius lag.

Der Kanzlerin imponierten die handlungs- und dialogarmen Filme des Litauers, die als düster und unzugänglich galten, aber auf Festivals gefeiert wurden. In der Freien Republik Uzupis, der von Künstlern vorm Verfall geretteten Altstadt von Vilnius, traf sie den Regisseur, um sich nach seinen Plänen zu erkundigen. Da er in Paris mit dem Produzenten für Arthaus-Filme Paulo Branco mehrere Projekte in Arbeit hatte, kam er für *Die Nächte der Kanzlerin* nicht in Frage. Filmkunst als Abschreibungsobjekt, bei dem nur der

Produzent auf seine Kosten kommt, das wollte die Kanzlerin nicht. Ihr Film sollte sich für alle Beteiligten rechnen, als unterhaltsames Kino mit Tiefgang schwarze Zahlen schreiben. Leider kannte niemand in dem Geschäft die Formel für einen garantierten Kassenerfolg, außer die Porno- und die Werbebranche, Mr. Bean und Lars von Trier.

Bevor sie aus dem schönen Vilnius abflog, wollte sie unbedingt den Raum für Jonas Mekas im Museum der Modernen Kunst sehen. Die Filme des aus Litauen stammenden Propheten der New Yorker Avantgarde waren ihr ein Begriff, dass er auch malte und dichtete, nicht. Ein Zitat des Künstlers, der sein Leben lang mit einer 8mm-Bolex-Kamera Tagbuch führte, gefiel ihr besonders: „Die Leute denken zu viel. Und sie nehmen sich zu ernst. Ich lebe ohne Plan. Meine größte Entdeckung war, zu verstehen, dass ich nichts tun muss: Alles, was ich tun muss, ist zuzulassen, dass die Dinge passieren können ... Sich selbst ernst zu nehmen, sei es in der Kunst oder im Leben, ist unsinnig. Kunst oder Leben ohne Humor ist nicht lebenswert."

Nichts tun und die Dinge passieren lassen – diese Erkenntnis nahm die Kanzlerin plus Ehrendoktortitel der Universität Vilnius mit nach Berlin. Nicht im Gepäck, das ihre Reiseleiterin trug, sondern in der Handtasche mit dem schwarzen Notizbuch. Würde sie es verlieren, wäre der Finder kaum klüger, was ihre politischen Absichten anging, aber hinsichtlich ihrer persönlichen Fragen und Antworten zum Kino.

Eine Woche vorm Christfest traf die Kanzlerin in Paris mit dem neuen französischen Präsidenten zusammen. Der alte hatte sie stets mit einem Geschenk überrascht, das ihr missfiel. Doch bei ihm wusste sie immer, woran sie war, und konnte das Geschenkte lächelnd zurückgeben. Der Neue galt als unberechenbar in seinem Bemühen, das Land aus der Wirtschaftskrise zu führen. Erfolgreiche Franzosen hassten ihn für seine rigide Steuerpolitik, die sie fünfundsiebzig Prozent ihres Einkommens kostete, mittellose für seine Sparpolitik. Der Mann war entweder verrückt oder ein Gauner, glaubte die Kanzlerin, weil er die Reichen aus dem Land trieb und den Armen die Lust am sozialen Aufstieg nahm. Durch die Affäre mit einer Filmschauspielerin war sein tief gesunkenes Ansehen bei den Franzosen sprunghaft gestiegen. Was die Kanzlerin zu dem Schluss kommen ließ, dass er nicht *Pierrot le Fou* war, eher *Der Mann, der die Frauen liebte.*

So freute sie sich, den *homme fatal* im Èlysée-Palast zu begrüßen, und umarmte ihn, wohl wissend, dass sie keine *femme spectacle* war. Der Präsident seinerseits wusste, dass wegen des engen deutsch-französischen Verhältnisses ihre Beziehung *Tout va bien* sein sollte, auch wenn daraus nicht *Le Grand Amour* erwuchs. Sie mussten sich wie Hänsel und Gretel an der Hand halten und den Ardennenwald der Brüssler Bürokratie durchschreiten, um ihre nationale Vorherrschaft im vereinten Europa zu wahren. Durch die anhaltende Bankenkrise drohte Frankreich Inflation, Deutschland durch ungebremsten Wirtschaftsaufschwung eine Deflation. Darüber, wie man gemeinsam die Widersprüche der Ökonomie und

Ökologie in den Griff bekommt, stritten sie noch während des Mittagessens.

Um das Thema zu wechseln, fragte die Kanzlerin, warum der begabte Regisseur Jean Eustache sich nach nur zwei Filmen umgebracht hatte. Sein letztes Werk, *La Maman et la Putain*, gilt als Schlüsselwerk der Nouvelle Vague, trotzdem kann man ihn nirgends sehen. Der Präsident ließ sich die Frage zweimal übersetzen. Das gab ihm Zeit, die Antwort zu überdenken, da der Name Eustache ihm so wenig sagte wie der zweifellos interessante Filmtitel *Die Mutter und die Hure*.

„Unser Kino ist das beste der Welt und es liegt mir am Herzen", versicherte er. „Ich gebe zu, von Politik verstehe ich mehr ... und von Frauen natürlich."

Die Kanzlerin, an die Koketterie französischer Männer gewöhnt, nickte freundlich. „Vom Kino wusste ich noch vor kurzem absolut gar nichts. Inzwischen verstehe ich davon fast so viel wie von Politik ... weil Frauen keine halben Sachen mögen."

Obwohl er den Nachsatz als Vorwurf an seinen Führungsstil empfand, ließ der Präsident ihn unwidersprochen und schlug nach kurzer Beratung mit seinem Protokollchef vor, am Abend gemeinsam den Film *Une Femme française* in der Cinémathèque anzusehen, statt wie geplant *Der fliegende Holländer* in der Pariser Oper. Die Kanzlerin fand die Idee *magnifique*, auch wenn ihr Wagner näher war als Wargnier. Zuvor wollte sie ohne großes Aufsehen den Friedhof von Montparnasse besuchen, wo einige Berühmtheiten des besten Kinos der Welt ruhten. Ohne Aufsehen hieß ohne ihn, verstand ihr Gastgeber, der seit seiner Liaison mit der Schauspielerin nirgendwo ohne Pressemeute hingehen konnte. Weshalb der bis vor kurzem unpopulärste Präsident seit Petain über die Bitte der Kanzlerin keinesfalls unglücklich war.

Mit nur einem Bodyguard, der in beiden Händen Blumen trug, suchte die Kanzlerin die Gräber der Regisseure Jacques Becker, Jacques Demy, Joris Ivens, Maurice Pialat, Jean Poiret, Claude Sautet auf; danach jene der Schauspieler Jean Carmet, Philippe Noiret, Serge Reggiani, Jean Seberg, Delphine Seyrig; der Autoren Julio Cortázar, Marguerite Duras, Jean-Paul Sartre, Susan Sontag, denen das Kino große Geschichten verdankt; zuletzt Samuel Beckett, dessen Fernsehspiele für den Süddeutschen Rundfunk der Kanzlerin als *crazy inventions* einer völlig neuen Medienkunst vertraut waren. Und mehr als das, weil Beckett das Thema menschlicher Erschöpfung und Isolation ihr hätte widmen können. Zumindest erkannte sie in der spiegelnden Grabplatte eine Frau, die von Amts wegen selten einsam war, aber zunehmend erschöpft.

Sie erinnerte sich an *Wie es ist*, den Film ohne Bilder. Darin heißt es: „Da ist etwas, das nicht stimmt ... Es ist vorbei, es erlischt wie eine Lampe, die man ausbläst." Dachte an die Bilder ohne Worte in *Film*: der greise Buster Keaton erschöpft und einsam im Stuhl eines Zimmers sitzend, in den Händen die Bilder aus der Kindheit und sonst nichts. „Wenn alle Wahrnehmung anderer – tierische, menschliche und göttliche – aufgehoben ist, behält einen die Selbstwahrnehmung im Sein", schrieb Beckett. Nicht wahrgenommen werden – eine Horrorvision für Politiker. Nur sich selbst wahrnehmen – die schönste Tugend ihres Seins. Weder das eine noch das andere fehlte der Kanzlerin, wenn sie Filme sah. Es war etwas, das sie froh stimmte. Wie ein Licht, das man anzündet, damit die Welt vertrauter und fremder ist, als sie ist ...

Von Blitzlicht geblendet, wurde die Kanzlerin aus ihren Gedanken gerissen. Sie sollte einem Reporter von *Paris Match* Rede und Antwort stehen, was Beckett und Politik gemeinsam haben.

„Nichts und alles. Weder noch, wieder doch", fasste sie sich kurz und schwebte an Brancusis kubistischen Engeln vorbei, um pünktlich ins Kino zu kommen.

Am Place du Trocadéro erwartete der Präsident die Kanzlerin, die zu *Eine französische Frau* in blauem Hosenanzug, weißer Bluse und rotem Schal erschien. „Haben Sie Ihre Lieblingsschauspielerin nicht mitgebracht?", fragte sie etwas forsch, weshalb der Dolmetscher delikat übersetzte.

„Mademoiselle lässt sich entschuldigen. Sie muss die Rolle der *premier dame* noch ein wenig üben."

Auf dem kurzen Weg in die Cinémathèque entschuldigte sich der Präsident für die peinliche Panne seines Protokollchefs: *Une Femme française* von Régis Wargnier war kurzfristig aus dem Programm genommen worden, dafür lief der Stummfilm *L'Argent* von Marcel L'Herbier. Zwar glaubte die Kanzlerin nicht an ein Versehen, doch *Das Geld* interessierte sie. Im Magazin *arte* hatte sie gelesen, das wiederentdeckte Meisterwerk aus den Zwanzigern sei der teuerste Film seiner Zeit gewesen und der größte Misserfolg.

„Ich hoffe, Sie sind einverstanden“, lächelte der an Misserfolge gewöhnte Präsident. „Der Film dauert immerhin fast drei Stunden.“

„Umso besser. Dann brauchen wir nicht so lange gute Miene zum bösen Spiel zu machen beim Empfang des amerikanischen Botschafters.“

Der Film über einen alten Bankier, der einen jungen Spekulanten an der Pariser Börse in den Ruin treibt, weil dieser zum gefährlichen Konkurrenten aufsteigt, erstaunte die Kanzlerin. Anders als im deutschen Filmexpressionismus, wo das Dämonische und Irrationale dominiert, bestimmt hier der Wille zum Realismus das Thema Größenwahn und Gier. Die stark kontrastierenden, tiefenscharfen Bilder, in denen die Figuren wie Labormäuse im Laufrad umherirren, erinnerten sie an *Big Parade* von King Vidor und *Citizen Kane* von Orson Welles. Inhaltlich nicht frei von Melodramatik und antijüdischen Klischees, war *L'Argent* nach dem Roman von Émile Zola dennoch ein sehenswerter Film über die Deformation des Menschen durch Geld und Macht.

Beim Botschaftsempfang riet sie den Amerikanern, sich den Film von 1928 anzusehen. Er sei höchst aktuell, weil er ein Finanzgebaren anprangert, das auf Gewinn um jeden Preis gerichtet ist. Die Empfehlung rief nur diplomatisches Lächeln hervor.

Spät am Abend saß die Kanzlerin noch mit der französischen Kulturministerin im La Coupole. Vom Nebentisch grüßte Roman Polanski und wurde auf Wunsch einer einzelnen Dame zum Aperitif eingeladen. Nachdem sie über das europäische Kino und seine Bedrohung durch das amerikanische Freihandelsabkommen gesprochen hatten, fragte die Kanzlerin den Regisseur von *The Pianist*, ob er wieder einmal in Babelsberg drehen würde.

„Jederzeit. Doch ich habe momentan kein passendes Filmprojekt."

„Vielleicht gibt es da eins für Sie", sagte die Kanzlerin. „Aufwändiger als *Der Gott des Gemetzels*, aber nicht so aufregend wie *Rosemaries Baby*, *Der Mieter* oder *Frantic* ... eher prosaisch-politisch wie *The Ghostwriter*."

„Die Kritik meint, der Film sei mir misslungen ..."

Die Kulturministerin ließ das nicht gelten. „Lieber Roman! Sie sind ein Genie. Ihnen gelingt einfach alles."

„Liebe Angélique! Genies im Kino sind wie Intellektuelle in der Politik. Sie scheitern an der Notwendigkeit, komplizierte Dinge einfach zu vermitteln."

Die Kanzlerin nickte zustimmend. „Für Handwerksberufe brauchte man Talent und Erfahrung. Dabei kann mitunter auch Kunst entstehen."

„Aber Genies wie Chaplin, Eisenstein oder Tarkowski sind nicht gescheitert", verteidigte sich die Ministerin, die als *intellectuelle* galt.

Polanski wollte nicht unhöflich sein. Er zweifelte nur, dass Genies Filme wie *Die Frauen sind an allem schuld*, *Jungfrau reich garniert* oder *Das Mädchen von drüben* gedreht hätten. Sie seien so schlecht, dass er sie gern rückgängig machen würde ... wie manches in seinem Leben. Doch darüber wollte er jetzt nicht sprechen, lieber etwas über den Vorschlag der deutschen

Kanzlerin hören. Sie ging nicht ins Detail, meinte, sie würde sich melden, falls sie ihn anrufen dürfe.

„Bei Tag und Nacht. Ich schlafe nämlich schlecht ... die senile Bettflucht."

„Das kenne ich. Was tun Sie dagegen?"

„Ich schaue mir zu Hause Filme an. Ins Kino zu gehen ist in Paris zu teuer."

„In Berlin auch. Ich genieße es, mich nachts durch die Filmgeschichte treiben zu lassen ... Ist besser, als schlecht zu schlafen und schlecht zu träumen."

Raymond Thierry Liebling, wie Roman Polanski früher hieß, fand die Politikerin, die ebenfalls ihren zweiten Vor- und den Geburtsnamen abgelegt hatte, *chocolat.* Als sie ihre Telefonnummern tauschten, hatte sich die Kulturministerin längst verabschiedet mit den Worten: „Ich leide noch nicht an seniler Bettflucht und muss morgen früh raus."

Bevor die Kanzlerin nach Berlin zurückflog, schickte sie ihre Protokollchefin mit einer Liste ins Kaufhaus Fnac, um französische Filme zu kaufen. Weihnachten stand vor der Tür und ihre Nichten und Neffen wünschten sich nichts anderes als Blue-Rays. Kino auf DVD war für sie wie Schmalfilm auf Bettlaken. Ihre Tante mochte sich mit der neuen Technik nicht anfreunden. Erstens gab es auf Blue-Ray noch immer zu wenige Filmklassiker, zweitens waren sie teuer und drittens von aufdringlicher Intensität. Sie fand, je schärfer das Bild, desto weniger sieht man, und je mehr man hört, desto schlechter versteht man. Ihre Liebe zum Kino war eine perzeptive, keine possessive. Sie bedurfte der Verführung durch immer neue Techniken so wenig wie Popcorn und Cola, um glücklich zu sein.

„Du siehst abgespannt aus“, mischte sich ihre Protokollchefin in das Selbstgespräch und brachte ihr ein Energiegetränk aus der Bordküche der Bundeswehrmaschine. „In ein paar Tagen geht's ab in den Winterurlaub nach Tirol.“

„Ohne Schnee!“, seufzte die Kanzlerin. „Wir überlegen, ob wir nach Schweden fahren, auf die Insel Farö.“

Die Protokollantin schaute auf dem iPhone nach, wie das Wetter dort war. „Da liegt auch kein Schnee. Und es gibt kein vernünftiges Hotel.“

„Brauchen wir nicht. Das Haus von Ingmar Bergman soll sehr schön sein und hat ein eigenes Kino, wo man alle seine Filme sehen kann.“

„Weiß dein Mann davon?“

„Noch nicht. Es soll eine Weihnachtsüberraschung sein.“

## - 17 -

Der Urlaub auf Farö fiel dann doch ins Wasser. In Südtirol hatte es über die Feiertage geschneit und die Kanzlerin wollte ihrem Mann nicht die Freude am Skiwandern verderben. Als sie sich dabei auf den Hintern setzte und das Becken brach, sagte sie: „Auf Farö wäre das nicht passiert. Da hätte ich mir höchstens den Hintern platt gesessen in Bergmans Heimkino."

Ihr Gatte tröstete sie, dafür könne sie jetzt eine Weile zu Hause bleiben und Tag und Nacht Filme sehen. Die verlockende Aussicht wurde jedoch getrübt durch die Empfehlung des Arztes, sie solle längeres Sitzen vermeiden und nur auf dem Bauch liegen.

„Ich bin doch kein Seehund", protestierte die Kanzlerin. „In dieser Haltung kann ich weder telefonieren noch lesen noch ..."

„Dann versuchen Sie's im Stehen", riet der Arzt. „Aber bitte nicht länger als nötig." Und das, obwohl in den ersten Tagen des neuen Jahres alle westlichen Staatschefs mit ihr die Krise in der Ukraine besprechen wollten.

Telefonieren am Stehpult, das ihr Mann aus dem Institut mitbrachte, ging noch. Zum Lesen und Bearbeiten dringlicher innenpolitischer Anfragen kamen ihre Berater vorbei.

Doch das Filmesehen bereitete ihr Schwierigkeiten. Da sie nur mit Mühe einen Neunzigminüter durchstehen konnte, schaute sie Kurzfilme, die sie lange vernachlässig hatte. Berühmte wie *Entr'acte*, *Ballet Mécanique*, *Zéro de conduite*, *Der Mann mit der Kamera*, *Un Chien andalou*, *Meshes of the Afternoon*, *Nacht und Nebel*, *La Jeteé*, *La Rabbia* und berüchtigte wie ein Film über den russischen Präsidenten. Darin reitet, fischt und jagt Wladimir I. mit freiem Oberkörper, fährt im Thermoanzug Ski, in Kampfuniform Panzer, steuert ohne Schwimmweste ein U-Boot, lässt sich von jungen Bäuerinnen, nicht mit freiem Oberkörper, Blumenkränze aufs Haupt flechten, küsst im Smoking Tänzerinnen des Bolschoi-Balletts und empfängt im Kreml hemdsärmlig die Presse, um zu erklären, dass der Präsident mehr können muss als Reden halten – das Volk verlangt, dass er ein Supermann ist, damit Russland eine Supermacht bleibt.

Danach ging die Kanzlerin auf Krücken zu Bett. Jetzt wusste sie, wie der Film über ihr Leben nicht aussehen sollte. Sie war keine Superfrau, nicht mal eine gute Rednerin, aber den Unterschied zwischen Politik und Peinlichkeit kannte sie besser als Rasputin, der Prediger altrussischer Weisheiten und Werte.

Eine Woche nach ihrem Skiunfall erschien die Kanzlerin mit Gehhilfe im Bundestag, um dem Beschluss zur Gehaltserhöhung für Abgeordnete beizuwohnen. Damit nicht der Eindruck entstand, die Regierung ginge am Stock, trat sie ohne Krücken ans Pult und nahm in ihrer Rede zu dem von allen Parteien abgesegneten Beschluss zwar nicht direkt Stellung, sondern zur steigenden Konjunktur, die steigende Löhne für alle Arbeitnehmer und Beamte rechtfertige. Mitten im Satz stockte sie plötzlich und schaute verlegen von ihrem Manuskript auf. Der Bundestagspräsident glaubte, das Stehen bereite ihr Schmerzen, und schlug vor, die Rede sitzend zu beenden. Doch sie sprach weiter und erntete damit sogar Applaus von der Opposition.

Dass der Grund für ihr Stocken ein anderer Schmerz war, behielt sie für sich. Am Abend zuvor hatte sie *Der zögernde Schritt des Storches* von Theo Angelopoulos gesehen. Darin spielt Marcello Mastroianni einen Politiker, der in einer Rede vorm Parlament sagt: „Es gibt Momente, da muss man schweigen, um die Musik hören zu können hinter dem Rauschen des Lebens.“ Danach verlässt er den Saal und verschwindet aus dem öffentlichen Blickfeld.

Einfach zu verschwinden, dazu hatte die Kanzlerin nicht den Mut. Ihr halbes Leben war von politischer Verantwortung für ihr Land bestimmt, bei der private Bedürfnisse keine Rolle spielten. Jetzt ging sie physisch am Stock, wenn auch nur vorübergehend, und konnte es kaum erwarten, nach einem langen Arbeitstag zu Hause die Welt mit den Augen anderer zu sehen. Dass dies nicht ohne Folgen für ihre Welt, die Politik, blieb, wusste sie. Obwohl das Kino nicht die Realität ist und umgekehrt, reagierten beide ostentativ aufeinander. Der Kloß im Hals vorm deutschen Bundestag war ein *Déjà-vu*-Erlebnis der Filmszene im griechischen Parlament. So etwas durfte ihr nicht wieder passieren. Es sei denn, sie tat dasselbe wie Mastroianni – von der politischen Bühne abtreten. Nur, wer sollte sie ersetzen? Jeden in ihrer Partei, der ihr das Wasser reichen konnte, hatte sie aus dem Amt befördert. Der Bayernprinz wäre gern König von Deutschland, doch die

Preußen ließen ihn nicht. Die Verteidigungsministerin hätte den Mut, nur nicht die Mehrheit, in den Krieg ums höchste Amt zu ziehen. Also musste die Kanzlerin weitermachen, bis jemand gefunden war, der ihre Rolle übernehmen konnte. Vielleicht die Schauspielerin, die sie im Film spielen könnte? Vielleicht würde auch ein RTL-Casting *Deutschland sucht den Superkanzler* helfen.

Unlängst hatte sie Kathi Thalbach als Angela Murkel im Fernsehfilm *Der Minister* gesehen und die Ostdeutsche recht überzeugend gefunden, nur die Ähnlichkeit fehlte. Die besaß die Westdeutsche Marion Kracht aus der TV-Serie *Diese Drombuschs*. Im Spielfilm kam es jedoch auf Äußerlichkeiten nicht an, die Geschichte musste glaubhaft und gut erzählt sein. Kurz entschlossen rief sie ihren Autor an. Der versprach, die erste Fassung in den nächsten Tagen zu schicken. Doch die Kanzlerin war unsicher, ob „Böckchen“ das Zeug zu einem neuen Detlev Buck hatte.

Von der EU-Sondersitzung zur Krise in der Ukraine kehrte die Kanzlerin mit dem unguten Gefühl aus Brüssel zurück, dass es im Jahr des Pferdes gefährlich über Stock und Stein ging und sie sich nach dem Becken noch den Hals brechen würde. In ihrer ersten Amtszeit stürzte das Weltfinanzsystem in den Graben, in der zweiten stand Europa nah am Abgrund, kaum hatte ihre dritte begonnen, drohte der Kalte Krieg wieder auszubrechen. Sie musste an den jüdischen Witz denken, bei dem Moishe seine Frau Rahel fragt: „Seit wir verheiratet sind, mussten wir die Weltwirtschaftskrise, den

Holocaust, die Gründung Israels erleben. Kann es sein, dass du mir Unglück bringst?“

Als sie spät abends nach Hause kam, erwartete sie ihr Mann mit Salzstangen und Prosecco vorm Fernseher und fragte: „Schatz, welchen Film sehen wir uns heute an?“

Die Kanzlerin legte die Beine aufs Sofa und drückte die Fernbedienung. „Nach dem anstrengenden Tag ist mir nach leichter Kost.“ Auf dem Bildschirm erschien der Titel *Ärger im Paradies*. In dem Lubitsch-Film geht es um ein Diebespaar, das erst jeder für sich, dann zusammen hinter den Juwelen anderer Leute her ist. Als die beiden erkennen, dass Reiche noch krimineller sind als sie, wollen sie ehrlich werden und heiraten, doch vorher nehmen sie sich gegenseitig die Juwelen ab.

Kurz vor dem Ende des Films klingelte das Telefon. Volker Schlöndorff war am Apparat und bot sich als Regisseur für *Die Nächte der Kanzlerin* an, damit die Sache nicht schiefging. Sie bedankte sich für das Angebot und lobte den Regisseur für seinen beeindruckenden *Baal*, der erst vierundvierzig Jahre nach seinem Entstehen ins Kino kam, weil die Brecht-Erben ihn für absolut nicht werkgerecht hielten. Sie hatte den Streifen schon gesehen und versicherte seinem Schöpfer, Fassbinder sei als Darsteller in seinen eigenen Filmen nie so gut gewesen wie als Baal. Schlöndorff fand das auch, fürchtete aber, dass sein Frühwerk kein junges Volk ins Kino locken würde, weil es die Filme ihrer Großeltern genauso doof fand wie damals die Macher des Neuen Deutschen Films Papas Kino.

Die Kanzlerin zweifelte, ob ein Film über sie die Jugend erreichen würde. „Eine reife Frau, die ein Verhältnis mit ihrem DVD-Gerät hat ..."

„Wenn Kohlhaase das Drehbuch schreibt, wird es gehen", war Schlöndorff optimistisch. „*Die Stille nach dem Schuss* war ein unerwarteter Erfolg, trotz des exotischen Themas in der DDR untergetauchter RAF-Terroristen."

Auf ihre ostdeutsche Herkunft, die weder explosiv noch exotisch war, wollte die Kanzlerin das Filmprojekt nicht reduziert wissen, auch wenn der einstige DEFA-Szenarist Kohlhaase, ein Mann der moderaten Töne und leisen Ironie, genau ihren Vorstellungen entsprach. Man sollte sich treffen und die Sache besprechen, sobald sie Zeit hatte, entschied die Kanzlerin und legte auf.

Nach dem Telefonat trat sie ans offene Fenster und atmete durch. Die sibirisch kalte Luft sagte ihr, dass es noch zu früh war für Frühlingsgefühle. Eine politische Eiszeit war ohnehin zu erwarten, seit der russische Präsident den Sommersitz der Zaren auf der Krim als russisches Eigentum zurückerobert hatte. Obwohl die Ukraine ihre Besitzansprüche längst abgeschrieben hatte, musste die Kanzlerin vorm Bundestag eine Grundsatzrede halten und mit Maßnahmen drohen. Welche, würde sie nicht verraten, ohne zuvor mit Wladimir zu reden. Die Absage des G8-Gipfels in Sotschi tat ihm weh, ihr der Verzicht auf die deutsch-russsische Filmwoche. Die Handelssanktionen trafen jene, die Handel trieben, und die, welche nichts zu entscheiden hatten. Also mussten die Maßnahmen so sinnlos wie möglich sein und so sinnbildhaft wie nötig, um den Schein des Missfallens zu wahren. In der deutschen Ostpolitik hatte sich gegenseitiges Geben und Nehmen stets als Gewinn erwiesen und schließlich zur Wiedervereinigung geführt.

Nach dieser Erkenntnis verzichtete die Kanzlerin auf weitere Filme und ging zur Überraschung ihres Mannes früher als sonst zu Bett. Dort taten sie, was Ehepaare bisweilen im Schlafzimmer tun und wobei im Film für Zuschauer unter sechzehn Jahren längst nicht mehr abgeblendet wird.

Bibbernd vor Kälte schaute Adrian Fromm vom Dach des Pergamonmuseums durchs Fernglas in die gegenüberliegenden Fenster. Was er dort sah, erhitzte sein Gemüt und ließ die Linse beschlagen. Beim Putzen fiel das Fernglas polternd vom Dach und er fast mit. Das blieb selbst den verschlafenen Nachtwächtern vorm Haus der Kanzlerin nicht verborgen und sie alarmierten den Staatschutz.

Im Verhör sollte der Journalist erklären, warum er die Bundeskanzlerin ausspionierte. Da sein beruflicher Erklärungsversuch die Beamten nicht recht befriedigte und sie ihm geheimdienstliche und terroristische Verbindungen unterstellten, gab er schließlich private Motive an – er sei in die Frau verliebt und wolle ihr Tag und Nacht nah sein. Fromm kam in U-Haft, nachdem der Staatsanwalt ihm eine Klage wegen Stalkings in Aussicht gestellt hatte.

## - 18 -

„Ich fahre nach Moskau und verlange vom Präsidenten Sicherheitsgarantien für die Krimtataren", sagte der Außenminister. Sie seien als Verbündete der Deutschen Wehrmacht von Stalin fast ausgerottet worden und befürchteten dasselbe jetzt vom neuen starken Mann im Kreml. Die Kanzlerin war nicht begeistert. Sie fürchtete eine Asylschwemme der moslemischen Tataren.

„Sie haben unserem großen Künstler Joseph Beuys das Leben gerettet, als er mit seinem Stuka auf der Krim abgeschossen wurde", erinnerte der Minister.

Die Kanzlerin war kein Fan des Mannes mit Hut und Weste, bis sie den Kurzfilm *I Like America and America Likes Me* gesehen hatte, der zeigte, wie Beuys mehrere Tage mit einem wilden Kojoten im Käfig verbrachte, um ihn zu zähmen. Zwar misslang der Versuch, doch die animalische Kunstaktion als Film ohne Worte fand sie faszinierend. Es erinnerte sie an den kleinen Prinzen, ihr Lieblingsbuch, von Bob Fosse und Konrad Wolf höchst unterschiedlich verfilmt.

„Einverstanden. Unter der Bedingung, dass Sie mir aus Moskau etwas mitbringen." Der als zäher Hund bekannte Unterhändler versprach, auch diesmal nicht mit leeren Händen heimzukehren. Die Russen verstünden historische Zusammenhänge besser als andere, schätzten klare Worte mehr als endloses Palaver. „Sie brauchen aber nicht gleich mit Wladimir Männerfreundschaft in der Sauna zu schließen", lächelte die Kanzlerin und gab dem Sozi eine Liste mit Filmen, die sie gern für ihr Privatarchiv gehabt hätte. Neben brandneuen russischen Produktionen, die weder im deutschen Kino gezeigt wurden noch als DVD zu kaufen waren, enthielt sie sowjetische, die im DDR-Kino und im Westfernsehen gelaufen waren, die es aber nicht oder nur teilweise auf DVD gab – Filme von Tengis Abuladse, Ilja Awerbach, Jossif Cheifiz, Marlen Chuzijew, Alexej German, Otar Iosseliani, Grigori Kosinzew, Elem Klimow, Andrej Kontschalowski, Alexander Mitta, Gleb Panfilow, Irina Poplawskaja, Juli Raisman, Larissa Schepitko, Wassili Schukschin, Alexander Stolper.

„Wann wollen Sie die alle ansehen?", wunderte sich der Minister und verstaute die Liste im Fach „Nicht geheim" seines Diplomatenkoffers.

„Wenn ich nicht mehr Kanzlerin bin."

„Filme auf DVD halten höchstens zwanzig Jahre", wusste der Politiker. „So lange werden Sie bei guter Gesundheit gewiss noch im Amt bleiben."

„Das wollen wir doch beide nicht hoffen", parierte die Kanzlerin den pikierten Unterton ihres erfolglosen sozialdemokratischen Herausforderers. „Gesundheit ist nicht alles. Lust und Liebe gehören auch dazu und können verloren gehen."

Tage später läuteten in der CDU-Zentrale die Alarmglocken. Innerhalb der großen Koalition wurde gemunkelt, dass die Kanzlerin amtsmüde sei und in drei Jahren nicht mehr zur Bundestagswahl antreten wolle.

„Wer behauptet so was?", wunderte sich die Staatschefin,

obwohl sie die Quelle des Gerüchtes kannte. „Ich mache so lange weiter, bis meine Partei einen besseren Kandidaten gefunden hat ... oder die andere Volkspartei."

Weil beides nicht undenkbar, aber wenig wahrscheinlich war, beruhigte sich der Parteivorstand. Zudem hoben die Deutschen in politischen Krisenzeiten lieber die rechte als die linke Hand, auch wenn es mit dem Sozialstaat bergab ging. Der sozialdemokratische Parteivorsitzende entfachte einen hitzigen Disput, ob man die Konservativen als Spatz in der Hand und die Linke als Taube auf dem Dach betrachten könne. Der Finanzminister empfand die Möglichkeit eines Amtsverzichts als Beleidigung seiner Mühen, die Staatsschulden abzubauen, was ohne Einsparung bei den stetig steigenden Sozialausgaben nun mal nicht ginge.

Die Kanzlerin hatte weder Lust noch Zeit, sich an der Leitdebatte zu beteiligen. Sie musste sich an die Ausarbeitung ihrer Rede vorm britischen Parlament machen und den Knicks üben für die Audienz bei der Queen.

Auf dem Flug nach London blätterte sie im ersten Entwurf des Drehbuchs ihres Schulfreundes. Es war dreihundert Seiten dick, besaß kaum Handlung, nur Dialoge, die so unaussprechlich schienen wie plattdeutsche Stücke von Ernst Reuter. „Was für ein Bockmist!", stöhnte sie und klappte das Manuskript zu. Ihre Redenschreiberin, die noch am Text für die Parlamentansprache feilte, zuckte zusammen. Unzufriedenheit von der Chefin war sie gewohnt, aber nicht in solchem Ton.

„Jerôme, was für ein Seebad ist das da unten?", fragte die Kanzlerin, als der Steward das Frühstück brachte.

„Ostende, das Hollywood der Nordsee. Hier wurde alles gedreht, von Action, Romantik, Porno bis zu Problemfilmen wie *Das Sexleben der Belgier.*

Die Reihenfolge gefiel der Kanzlerin. So blendend, wie der holländische Steward aussah, hatte er vermutlich Erfahrung in einem der Genres. Zu ihrer Überraschung bestätigte er, dass er in seiner Jugend Assistent des Regisseurs Fons Rademakers gewesen war, der für *De Aanslag* den Oscar für den besten ausländischen Film erhielt.

„Ein Meilenstein des politischen Kinos, ebenso beeindruckend wie der Roman von Harry Mulisch", wusste die Kanzlerin und verblüffte damit ihrerseits den Steward.

Als die Bundeswehrmaschine in London landete, drückten Scherwinde sie unsanft auf die Piste und hoben die Passagiere aus den Sitzen. Die Kanzlerin ließ sich den stechenden Schmerz in ihrem Becken, der noch von ihrer Skiverletzung herrührte, nicht anmerken, fürchtete aber, dass sie den Hofknicks vor der Queen nicht ausführen konnte. Die neunzigminütige Rede im Parlament absolvierte sie im Stehen, das ebenso lange Gespräch in der Downing Street mit dem Premierminister auf einer abscheulichen, gelben Couch, wo sie sich in ihrem hellblauen Hosenanzug vorkam wie Julia Timoschenko im Rollstuhl, eingehüllt in die ukrainische Fahne.

Die Audienz im Buckingham-Palast indes war ein Vergnügen. Nach einem nur leicht angedeuteten Knicks, den die Queen freundlich nickend akzeptierte, trank man im Salon

Tee und sprach nur am Rande über Politik. Die achtundachtzigjährige Monarchin interessierte sich für Literatur, hatte jedoch keine der fünf Biografien ihres Gastes gelesen, aber einen Krimi des katalanischen Autors Eduardo Mendoza mit dem Titel *Der Friseur und die Kanzlerin*. Ein hinreißendes Buch, voller Witz und liebenswürdigem Zorn auf Europa, wie die alte Dame fand.

„Ich komme kaum noch zum Bücherlesen", entschuldigte sich die Kanzlerin.

„Wie bedauerlich. Wir haben spät damit angefangen, hielten es für nicht angemessen in unserer Position. In Wahrheit sollen wir nur nicht klüger werden." Die Queen griff nach ihrer Teetasse und langte daneben, weil sie ihre Brille nicht bei sich hatte. Die Kanzlerin vergaß die Etikette und reichte sie ihr. „Warten Sie nicht, bis Sie zu alt sind und der Star Ihnen die Augen auspickt. Wenn man kurzsichtig ist, kann man ein Land regieren, sinnvolle Dinge aber kaum noch tun."

Wie recht sie hat, dachte die Kanzlerin.

„Wir haben gehört, dass Sie eine Expertin in Filmdingen sind. Wie finden Sie *Die Queen* von Stephen Frears?"

Die Kanzlerin zögerte mit der Antwort, um nicht ins Fettnäpfchen zu treten. „Very british, Majestät. Helen Mirren ist großartig, aber *My beautiful Laundrette* und *Dangerous Liaisons* fand ich ehrlich gesagt ..."

„Viel amüsanter. Das sehen wir auch so. Man möchte ja nicht unbedingt sein Double auf der Leinwand sehen. Es reicht, das Original jeden Tag im Spiegel anzuschauen ... Gibt es über Sie auch so ein Machwerk?"

Die Kanzlerin errötete. Die Agenten ihrer Majestät schienen über alles informiert. „Ich würde es, glaube ich, verhindern. Mein Privatleben ist mir heilig. Ansonsten wird man ja schon genug gefilmt."

„Wissen Sie, dass die Indianer sich nicht gern fotografieren lassen, weil sie fürchten, der schwarze Kasten raubt ihre Seele?"

Die Kanzlerin hatte davon gehört, aber nie darüber nachgedacht, ob auch eine Squaw vom Stamm der Uckermärker ihre Seele verlieren kann. „Haben Sie nie daran gedacht, zurückzutreten, um mehr Zeit zum Lesen zu haben?", fragte sie.

Die Queen fand die Frage kühn, sehr deutsch. Doch weil ihr Mann als Hannoveraner auch immer so offen heraus war, hatte sie sich mittlerweile daran gewöhnt. „Wir können leider nicht, wie wir wollen. Wenn man den richtigen Zeitpunkt verpasst, ist es schwierig ... Man hofft auf einen besseren Zeitpunkt und wird nur älter und trotteliger. Der deutsche Papst hatte den Mut dazu. Aber wir sind Protestanten. Wie Sie, meine Verehrteste."

Die Kanzlerin nickte wie eine Schülerin, die vom Lehrer ein Extralob erhält. „Der Mann, der die deutsche Wiedervereinigung gegen unseren Willen betrieb ... wir haben seinen Namen leider vergessen ... konnte nicht auf der Höhe seines Erfolges aufhören. Er wurde auf unwürdige Weise zurückgetreten."

Die Kanzlerin erinnerte sich ungern an die Spendenaffäre und ihre Rolle beim Abgang ihres politischen Ziehvaters und suchte das Thema zu wechseln, indem sie das köstliche schottische Teegebäck lobte. Man werde wohl darauf verzichten müssen, falls die Schotten demnächst für eine Unabhängigkeit vom Empire votierten, bedauerte die Queen und schlug ihrem Gast vor, ihr die Bibliothek zu zeigen. Sie bestand aus wertvollen Bänden in Leder und Goldschnitt, die offenbar nie jemand zur Hand genommen hatte. Die Kanzlerin bewunderte die robusten Regale aus ceylonesischem Teakholz.

„Kommen Sie! Diese Bücher sind doch nur Dekoration." Die Queen drückte einen unsichtbaren Knopf in der Regalwand. Geräuschlos öffnete sich eine Tür und sie betraten einen fensterlosen Raum, in dem mehr oder weniger gewöhnliche moderne Bücher übereinandergestapelt auf dem Boden lagen.

„Das hier wurde als sogenannter *panic room* für den Fall eines Brandes oder anderer Gefahren installiert", erklärte die Queen. „Wir mussten ihn Gott sein Dank nie benutzen, darum verstecke ich hier meine Privatbibliothek vor dem Reinigungspersonal. Sie werfen alles weg, was ihnen nicht geheuer erscheint."

Ein Karton mit der Aufschrift „British Film Institut" weckte die Neugier der Kanzlerin. „Sie lesen nicht nur, Sie schauen auch Filme?"

„Nein, nein! Unsere Augen sind schon strapaziert genug", sagte die Queen.

„Darf ich einen kurzen Blick hineinwerfen?"

„Bitte! Das BFI schickt mir jedes Jahr einen Karton mit den neuesten Werken. Wir glauben, man will uns in den Wahnsinn treiben."

„Ich fürchte, ich bin es schon", seufzte die Kanzlerin mit glühenden Wangen. Ein Karton mit DVDs sei für sie wie ein Care-Paket in der Kindheit.

„Ach, nehmen Sie den ganzen Kram. Wir wollen doch keine Panik wegen Platzmangel bekommen."

Weil der Karton recht schwer war, entschied die Queen, ihn mit der Royal Mail schicken zu lassen. Die Kanzlerin war überglücklich und verabschiedete sich mit einem tiefen Knicks, aus dem sie nur mit einem Knacks herauskam. Als Medizin angesichts des schmerzvollen Abschieds empfahl Ihre Majestät ein Büchlein mit dem Titel *The Crack-up*. Darin schildere Francis Scott Fitzgerald, wie ein oberflächlicher Knacks seine Sicht aufs Leben veränderte. Die Kanzlerin kannte von dem Autor nur die Romanverfilmungen *Der große Gatsby* und *Der letzte Tycoon*. Schon längst wollte sie seine *Pat Hobby's Hollywood-Stories* lesen, aber wie gesagt, es fehlte ihr die Zeit.

„Kluge Menschen trauern der Zeit nach, die ihnen als einziges gehört", zitierte die alte Dame Dante. Und gleich darauf Seneca: „Die Dummen glauben, dass sie genug davon haben und schlagen sie tot. Doch die Zeit ist zu kostbar, um nur vorsätzlich zu handeln. Man muss das, was einem gehört, für sich ausnutzen."

Die Kanzlerin versprach, zukünftig daran zu denken. Doch erst einmal musste sie Europa vor einem neuen Kalten Krieg retten, den der russische Monarch vorsätzlich vom Zaun brechen wollte.

## - 19 -

Adrian Fromm nahm einen Schluck aus der Flasche und schüttelte sich. Dass er jemals so tief sinken und Bier aus einer Plasteflasche trinken konnte, grämte den Champagnerfreund noch mehr als der Umstand, es in Gransee zu tun. Andererseits hatte Bock ihn vorübergehend bei sich aufgenommen, nachdem er beim *Freitag* rausgeflogen war, und kümmerte sich rührend um ihn.

„Schmeckt dir die Pizza etwa nicht?“, fragte Jens-Peter. „Im Kühlschrank sind noch ein paar Wiener.“

„Gewesen. *The dinner is in your dogs!*“, sagte Fromm schlecht gelaunt, biss in die kalte Pizza und war bereit für die versprochene Filmvorführung.

„Zuerst den, wie man’s garantiert vermasselt.“ Bock legte *Fargo* in den DVD-Player und startete den Film. Darin ging es um einen Autohändler, der seine Frau von zwei Ganoven entführen lässt, um eine Million Dollar Lösegeld von seinem Schwiegervater zu verlangen. Die Sache ging so gründlich schief, dass Fromm zweifelte, ob ihr eigener Plan gelingen konnte. Schließlich hatte noch nie jemand versucht, die Kanzlerin zu entführen. Fünf Millionen Euro zu fordern, sei total irreal, fand er, so viel sei die ganze Regierung nicht wert.

„Sag das nicht.“ Bock grinste. „Schon die Diäten der Bundestagsabgeordneten von einem Monat würden uns reichen ... wo sie die gerade wieder erhöht haben.“

„Machen sie immer als Erstes nach der Wahl“, schäumte Fromm. „Aber wir können nicht den ganzen Bundestag entführen." Die Kanzlerin sei vielleicht mehr wert als alle zusammen, verdiente aber weniger als der Chef der AOK. Und ihre Familie würde das Geld niemals zusammenkriegen.

Das Wort Familie ließ Bock aufhorchen. „Wie viele Mitglieder hat die CDU?"

Vor der letzten Wahl waren es 470.000, wusste Fromm. Doch inzwischen traten immer mehr aus, weil ihnen ihre eigene Partei zu links wurde. Nur die CSU hielt ihre Mitgliederzahl konstant bei 150.000.

„Das sind rund acht Euro pro Nase", rechnete Bock auf einem Zettel aus.

„Zehn Euro fünfzig", korrigierte Fromm. Die Bayern würden keinen Cent für Mutti aus Mecklenburg zahlen.

„Sie werden. Kommt sie billiger als die Rettung der Bayerischen Landesbank."

Der Journalist war beeindruckt von der Logik des uckermärkischen Filmvorführers. Doch wie sollten sie die Kanzlerin entführen, etwa mit Wasserpistolen und Bocks Hunden?

„Rohe Gewalt ist die Waffe der Fantasielosen", sagte Jens-Peter und legte eine andere DVD ein. Als Vorspann erschien der Titel *Hotel Lux*. Der Film spielte im Moskau der 1930er Jahre, drehte sich zwar nicht um Entführung, aber um Täuschung von Stalins Wächtern durch Verkleidung. Fromm amüsierte sich köstlich über die deutsche Komödie, obwohl sie sich ziemlich dreist bei Lubitschs *Sein oder Nichtsein* bediente. Was das Ganze allerdings mit der Kanzlerin zu tun haben sollte, verstand er nicht.

„Ist doch ganz einfach", sagte Bock und öffnete noch zwei Bierflaschen. „Ich lade meine Schulfreundin zu mir ein, wir ziehen uns zusammen einen Film rein, während ihre Bodyguards im Auto warten. Und wenn sie wieder geht, schicken wir an ihrer Stelle jemand anderes raus."

Der Journalist sperrte den Mund auf wie ein Karpfen, der nach Luft schnappt. So eine bescheuerte Idee hatte bis jetzt nicht mal sein Chefredakteur gehabt.

„Niemand sieht aus wie Mutti ... Oder kennst du eine Look-alike-Kanzlerin?"

Jens-Peter Bock bahnte sich einen Weg durch die Müllhalden in seinem Wohnzimmer und öffnete eine Schrankschublade. Er zog vier Fotos heraus und legte sie wie einen Royal Flash nebeneinander auf den Tisch. „Das ist Monika März, Kindergärtnerin aus Gransee. Sie ist ziemlich doof, aber echt lieb. Darum nennt man sie auch die Kanzlerin der Herzen."

„Okay, im Dunkeln kann man sie verwechseln", glaubte Fromm. Doch wie lange würde der Schwindel funktionieren und wohin derweil mit dem Original? Und würde diese Monika überhaupt mitspielen?

Bock leerte seine Flasche in einem Zug. „Moni fährt nur bis Schloss Meseberg und macht dann irgendwie die Mücke. Die echte Kanzlerin verstecken wir hier im Ort, im Kino Roter Stern. Das ist dicht, aber ich hab den Schlüssel."

Fromm überlegte. Die Idee war komplett verrückt. Echt filmreif. So bescheuert, dass man daraus ein Drehbuch machen sollte. Für dramaturgische Verbrechen gab es wenigstens keinen Knast, höchstens den Bundesfilmpreis.

Die Kanzlerin hatte Bocks geniales Drehbuch über ihr Leben als unverfilmbar bezeichnet und sich seitdem nicht gemeldet. Das kränkte ihn zutiefst, und darum sollte sie zahlen – fünf Millionen. Für diese Summe muss man sehr viele Drehbücher schreiben.

Mitten im Film *Am Abend des folgenden Tages*, der von einer Entführung mit halbwegs gutem Ausgang handelt, klingelte das Telefon. Adrian Fromm war eingenickt und schnarchte. Jens-Peter Bock zuckte zusammen, als er die Stimme der Kanzlerin an seinem Ohr vernahm.

„Guten Abend, Böckchen, wie geht es dir?"

„Na, wie's so geht, wenn die Karriere als Drehbuchautor zu Ende ist, bevor sie richtig angefangen hat."

„Sei nicht deprimiert. Ich hab was Besseres für dich." Bock klemmte den Hörer des Bakelittelefons unters Kinn und schlug den Kronkorken einer Bierflasche an der Tischkante ab.

„Ab sofort bist du Filmvorführer der Bundesregierung in Schloss Meseberg."

„Da hab ich ja nicht viel zu tun ... die paar Mal, wenn Sie Gäste haben."

„Doch, doch. Du sollst dich um die DEFA-Filme aus den USA kümmern und sie regelmäßig am Tag der offenen Tür vorführen ... auch meine private DVD-Sammlung."

„Und was verdient man da so im Monat?"

Jens-Peter fiel der Hörer herunter, als er die Summe erfuhr, und Adrian Fromm schreckte aus dem Schlaf hoch.

Er verstand nicht, warum sein Gegenüber so bedeutsame Gesten machte – die Mundwinkel nach unten zog und mit beiden Händen ein Dreieck vorm Bauch formte, nachdem er den Hörer wieder ans Kinn geklemmt hatte.

„Ich bräuchte dann noch jemanden, der die Presse für die Veranstaltungen macht ... Plakate, Flyer und so weiter."

„Kein Problem. Das kann ein Mitarbeiter aus dem Schloss übernehmen."

„Muss schon ein Profi sein. Jemand, der das Kino liebt ... Ich kenn da einen."

„Da hast du recht. Nächste Woche bin ich zur Klausur mit meinen Ministern in Meseberg. Dann stellst du mir deinen Kinoliebhaber vor."

„Gut. Und schönen Gruß an die Familie und alle CDU-Mitglieder."

Als er den Hörer auf die Gabel legte, hatte Fromm endlich begriffen, mit wem Bock telefoniert hatte.

„Wir werden Staatsbeamte auf Lebenszeit mit eigenem Schloss."

## - 20 -

„Ich fürchte, die britische Monarchie ist am Ende", sagte die Kanzlerin zu ihrer Büroleiterin, als das Paket der Royal Mail nach zehn Tagen eintraf. Das Büchlein *Der Knacks* hatte sie binnen drei Tagen per Internetversand erhalten. Obwohl ihre Rückenbeschwerden so gut wie weg waren, las sie zwischen der morgendlichen Lagebesprechung und der Bundestagssitzung darin in ihrem Büro. Schon die ersten Sätze gaben ihr zu denken: „Im Grunde ist alles Leben ein Prozess des Niedergangs, aber die Schläge, die das eigentlich Dramatische dabei ausmachen – jene plötzlichen schweren Schläge, die von außen oder scheinbar von außen kommen, an die man sich erinnert, für die man die Dinge verantwortlich macht, und über die man in schwachen Momenten zu seinen Freunden spricht – diese Schläge zeigen ihre Wirkung nicht mit einem Mal."

Sie schloss die Augen, doch das weiße Licht der Morgensonne drang durch ihre Lider. Der Arbeitsplatz der Bundeskanzlerin öffnete den Blick durch ein großes Fenster in Richtung Osten, mit der Silhouette des Fernsehturms, der Nikolaikirche und dem Handelszentrum an der Friedrichstraße. Zwar blieb dem Bild von Altkanzler Adenauer überm Schreibtisch der Blick auf die einstigen „Soffjetzone" erspart, doch auch sie ertrug den Anblick der Stadt und ihrer östlichen Leuchttürme an diesem Tag nicht, ging im Zimmer auf und ab, stumm, feindselig. Am Telefon hatte sie dem Kreml-Chef vorgeworfen, an Realitätsverlust zu leiden.

Weil er trotz EU-Sanktionen die deutsch-russische Filmwoche stattfinden lassen wollte, nahm sie den Vorwurf teilweise zurück, fragte sich aber, ob nicht sie diejenige war, der die Realität abhanden kam.

Viel lieber als den ganzen Tag im Bundestag sitzen, würde sie in ihrem Dienstapartment die Beine hochlegen und die Filme aus London anschauen. Doch das erforderte Zeit, die sie nicht hatte, weil sie zuerst vorsätzlich und pflichtgemäß handeln musste statt nachhaltig vergnüglich. Wenn sie es richtig bedachte, war genau jetzt der richtige Zeitpunkt, abzutreten. Schon geraume Zeit befand sie sich auf der Höhe ihres beruflichen Erfolges. Von oben ging es nur noch bergab und das Abwärtsgehen bereitet genauso viel Anstrengung wie das Bergsteigen. Die Alternative war, sich davonzumachen oder oben zu bleiben, bis sie einen mit den Füßen nach vorn aus dem Amt trugen. So lange wie *Der Hundertjährige, der aus dem Fenster stieg und verschwand* konnte und wollte sie nicht warten. Der Film nach dem gleichnamigen Bestseller lief derzeit im Kino. Sie rief ihren Mann an und bat ihn, Karten für den Abend zu bestellen.

Eine Stunde später, sie saß im Bundestag und checkte die Kurznachrichten auf dem Handy, schrieb er zurück, der Film sei in allen Berliner Kinos ausverkauft. Die Kanzlerin staunte, dass so viele Menschen einen schwedischen Film, der nicht von Bergman war, sehen wollten, und dann noch über einen Greis jenseits von Gut und Böse. Darüber musste sie mit der Sozialministerin reden, die meinte, alte Menschen würden in unserer Gesellschaft abgemeldet und ausgegrenzt.

Zuvor schrieb sie ihrem Mann, er möchte bitte eine Flasche Portwein kaufen für einen langen Abend mit Neuheiten des britischen Kinos.

Beim Auspacken des Geschenks aus dem Buckingham-Palast wurde der Kanzlerin klar, dass sie bald eine größere Wohnung brauchte, um die stetig wachsende DVD-Sammlung unterzubringen. Während sie die Wände ihres nur selten benutzten Arbeitszimmers ausmaß, klingelte das Telefon.

„Schatz, geh du ran. Ich bin beschäftigt", rief sie, das IKEA-Bandmaß in der Hand.

„Geht nicht. Ich krieg den verdammten Korken nicht aus der Flasche."

„Dann schlag den Hals mit dem Messer ab, wie Johnny Depp in *Fluch der Karibik*." Doch weil sie Angst hatte, dass ihr Mann sich verletzte, ging sie schließlich selbst ans Telefon.

In der Leitung war Wim Wenders. Er entschuldigte sich zuerst, dass er die Bundeskanzlerin zu Hause anrufe, dann erzählte er, dass er auf der Sitzung der Europäischen Filmakademie in Lissabon Polanski getroffen und wie sehr Roman von ihr geschwärmt habe.

„War die portugiesische Außenministerin auch da?", unterbrach sie den Anrufer. Der wollte die Frage weder eindeutig beantworten, noch konnte er sein Anliegen in klaren Worten darlegen, sondern drückte es lieber programmatisch aus – wie auch in den Titeln seiner Filme. Statt zu erklären, wie es um die Dinge stand, sprach er von *Der Stand der Dinge*, statt zu bedauern, dass ihm die Zeit davonlief, redete er von der Anerkennung für seinen Erfolgsfilm *Im Laufe der Zeit*, die er mit *Paris, Texas* noch übertroffen, dann aber mit *Palermo Shooting* verspielt hatte. Weshalb er nur noch Dokumentarfilme mache und Werbung für die Deutsche Bahn, doch er fürchte, dass der Zug nach Hollywood für ihn abgefahren sei, wenn er nicht bald wieder einen Spielfilm drehe.

Die Kanzlerin ahnte, worum es ging. „Sie möchten bei dem Film über mein Leben Regie führen."

„Es wäre wie *Die Angst des Tormanns beim Elfmeter.* Eine echte Herausforderung für jemanden, der Herausforderungen liebt."

„Ich mag keine 3D-Filme, sie machen mich schwindelig", sagte sie, um seinen Ehrgeiz zu bremsen. „Außerdem stört mich der weihevolle Ton bei *Pina*. Das hätte ihr sicher nicht gefallen ... Außerdem gibt es noch kein Drehbuch."

Nachdem Wenders die Kritik halbwegs verdaut hatte und schwor, *Bis ans Ende der Welt* zu gehen für den Film über die Kanzlerin, schlug er seinen Freund Peter Handke als Drehbuchautor vor. Weil die Kanzlerin Handke politisch fragwürdig fand seit seinem Eintreten für den Kriegstreiber Miloševic, nannte Wenders den Drehbuchautor Rudy Wurlitzer, der so wichtige Filme wie *Coming Home*, *Little Buddha* und *Beyond the Clouds* geschrieben hatte.

Die Kanzlerin schätzte sie alle bis auf den letzten, den Wenders mit dem todkranken Antonioni sprichwörtlich in den Sand von Ostia gesetzt hatte. „Ich danke Ihnen für das Angebot. Aber ich habe entschieden, dass es keinen Spielfilm über mich geben muss, solange ich lebe."

„Ich hoffe, Sie ändern Ihre Meinung, wenn Sie meinen neuen Film *Das Salz der Erde sehen*", ließ der Regisseur nicht locker. „Postume Filme haben meist etwas Fades, weil die Nachwelt zu mild oder zu streng über Verstorbene urteilt."

„Ich sage Bescheid, wenn ich im Sterben liege. Dann dürfen Sie mich zu Tode filmen wie Nicholas Roeg."

Wilhelm Ernst Wenders erinnerte sich ungern an den Dreh zu *Nick's Film*, weil sein Idol am Ende nicht mehr gefilmt werden wollte und er es trotzdem tat.

Kaum hatte die Kanzlerin aufgelegt, klingelte es erneut. „Schatz! Bitte geh du ran. Falls der Filmproduzent Nico Hofmann am Apparat ist und die Rechte an meiner Lebensgeschichte erwerben will, sag ihm, sie sind nicht zu verkaufen."

„Warum nicht", stöhnte ihr Mann, die entkorkten Portweinflasche in der einen Hand, die andere im Notverband.

„Weil man als Politiker kein Recht auf ein eigenes Leben hat."

„Deine Mutter ist am Telefon."

Die Kanzlerin verdrehte die Augen und griff zum Hörer. Ihre Mutter war schließlich diejenige, die ein Urheberrecht an ihrem Leben besaß.

Die Mutter rief wegen des Osterfestes an, zu dem die Enkelkinder sich wie im letzten Jahr das Filmmusical *Jesus Christ Superstar* wünschten. Die Tochter war dagegen, wollte lieber *Pilatus und andere* von Andrzej Wajda zeigen, der den Untertitel *Ein Film für Karfreitag* trägt und die Kreuzigungsgeschichte nach Motiven von Bulgakows *Der Meister und Margarita* in Szene setzt. Dass der Regisseur sein Bibeldrama auf dem Nürnberger Reichsparteitagsgelände spielen ließ, verschwieg sie, um die Mutter nicht zu verstören; sie machte sich genug Sorgen über die ihrer Meinung nach viel zu freizügige Leidenschaft ihrer Tochter für das Kino. Eine Christdemokratin sollte, wenn überhaupt, nur moralisch Unbedenkliches anschauen, wie *Die Buddenbrooks*, *Die Vertreibung* oder *Der Wagner-Clan*. Die Kanzlerin schwieg zu dem Thema. Für bildungspolitisch wertvolle Fernsehmehrteiler hatte sie wirklich keine Zeit. Allein von den wichtigsten Werken der Kinogeschichte kannte sie bisher nicht mal ein Bruchteil, und es kamen ständig neue, wenn auch immer mehr unwichtige, hinzu. Auch für die Literatur übers Kino musste sie Zeit aufwenden, weil das Medium Film als synthetische Kunstgattung eine nach allen Seiten hin offene Erfahrung war, wie das Leben selbst. Die wirklichen Konflikte, Wendungen und Lösungen mussten indes ohne Drehbuch und dramaturgische Kniffe vorwärts gelebt werden, wurden aber nur rückblickend verstanden.

In dem ihr noch verbleibenden Lebensfilm wollte die Kanzlerin Autorin, Regisseurin und Hauptdarstellerin in einer Person sein, nicht Diva im Rampenlicht und Hausfrau nach Drehschluss. Sie würde keine *Redupers*, keine allseitig reduzierte Persönlichkeit mehr sein. Nicht mehr *Die Unberührbare* spielen, sondern jeden Tag *Abschied von gestern* nehmen wie von einem Verstorbenen, der ihr nahe war. *Das Leben zu zweit* wie ein *Bankett für Achilles* feiern und das Kino genießen – als schönste Nebensache der Welt.

Ein Projekt der Blue Cat Publishing GbR
Gneisenaustr. 64, 10961 Berlin
www.divan-verlag.de
Umschlag: Steffen Heinecke, www.kreativcentrum.de,
unter Verwendung von Fotos von F. Schmidt und
Pavel Kirichenko/Fotolia.com
Satz: Malte Knittel, www.mak-gd.com
Schrift: Garamond
Druck und Bindung: CPI books GmbH, Leck
ISBN 978-3-86327-024-7